AF192146

Herstellung und Verlag:
BoD - Books on Demand, Norderstedt

ISBN 978-3-8370-9247-9

Vorwort

Wenn man als Katze auf die Welt kommt, hat man es nicht ganz so einfach, wie es sich die meisten Menschen vorstellen.

Nicht nur der Kampf um Mutter´s Zitze ist in den ersten Tagen des Lebens von großer Bedeutung, sondern auch das Heranwachsen, was oft sehr spielerisch aussieht aber in Wirklichkeit größte Konzentration abverlangt.

Ich bin in der freien Wildbahn groß geworden und habe mich von Anfang an durchkämpfen müssen, bis ich von einer netten Familie aufgenommen wurde und von da an ein herrliches Leben führen konnte.

Da die Menschen sich nicht in uns Katzen hin-eindenken können, möchte ich meinen Werdegang schildern, damit nach mir auch noch andere Zeit-genossen die Chance erhalten wie ich, bei guten Menschen zu leben.

Wir Katzen lieben euch Menschen, weil ihr, wenn ihr auf uns eingeht, so leicht von uns gesteuert werden könnt.

Mit unseren Gefühlsdarstellungen, mit unserer Gemüt-lichkeit, mit unserem Schmusen und Liebkosen, mit zärtlichem Miauen, mit Einfühlsamkeit, mit Leid er-tragen können, Schlauheit, Anpassungsfähigkeit, mit unserem angeborenen Spieltrieb, mit Treue und liebe-voller Zuneigung und nicht zuletzt mit unserem Dazu-gehören, wenn ihr ach so lieben Menschen nichts dagegen habt.

Wir Katzen sagen immer, wer uns nicht mag, hat auch bestimmt etwas gegen seine eigenen Zeitgenossen.
Uns muss man einfach gerne haben denn das Ehrlichste, Zuverlässigste und Treueste ist nun mal das Tier und besonders wir Katzen, ach wem sag ich das.

Euer Flori

Geschrieben im Namen von Flori...
Dr. h.c. Richard Ludwig

Flori

Ob ich je einen Namen hatte bevor ich zu Ludwig´s kam, weiß ich nicht mehr.

Ich weiß nur, dass es mir sehr dreckig ging und nur rein zufällig sich mein Leben änderte, als sich eine ausgesprochen sehr nette und Respekt abverlangende feine Katzendame, die wie ich später erfuhr, Tinka hieß, sich meiner annahm.

Es war mal wieder so ein ausgesprochen schlechter Nachmittag.

Es war eisig kalt, mein Magen hing bei meinem schleppenden kraftlosen Gang fast auf dem Boden und es war mir noch nicht gelungen, etwas Essbares zwischen meine Zähne zu bekommen.

Es erinnerte mich an meine früheste Jugend, die verdammt nicht einfach war und wo Leben oder Überleben schon als Glück bezeichnet werden konnte.

Wir waren in Bergheim in einer Tiefgarage, die mit einem Rollgitter versehen war groß geworden.

An einer bestimmten Stelle konnten wir, als wir etwas größer waren, problemlos durch die Gitter nach draußen schlüpfen.

Wir waren acht junge Kätzchen zuhause.

Ich hatte sechs Schwestern und einen schon etwas älteren Bruder.

Unsere Mutter hatte sicherlich schon mehrere Brüderchen und Schwesterchen im Laufe der Zeit auf die Welt gebracht, denn ihre Milchtüten waren schon sehr abgenutzt.

Meistens, wenn ich mir an Mutter´s Zitzen einen Platz erkämpfen konnte, hatten sich schon alle vorher bedient und für mich waren dann nur noch ein paar Tropfen übrig.

Ich wurde also nie richtig satt und das war bestimmt auch der Grund, warum ich so klein und schmächtig war, ja eigentlich bis heute.

Doch der liebe Katzengott hatte mich aber mit einer Besonderheit auf die Welt gebracht.

Ich habe vier weiße Pfötchen und das Ende meiner Schwanzspitze ist so vier Zentimeter lang auch ganz weiß.

Damit fiel ich bei den meisten Menschen fast immer direkt auf doch das half mir letztendlich aber auch nicht.

Da ich bei meiner Mutter nie richtig satt wurde und immer ein mächtiges Hungerproblem hatte und ich gegen alle meine Geschwister auch nicht so recht ankam, nahm ich mir vor, mich so schnell wie möglich auf eigene Beine zu stellen und mich bei nächster Gelegenheit einfach abzuseilen.

Nur ganz so einfach war das aber auch nicht.

Ich unternahm erste Versuche alleine draußen in freier Wildbahn und endete damit meist kläglich.

Auf der nahe gelegenen Wiese versuchte ich jeden Tag mein Glück.

Mal sah ich eine Maus oder auch schon einmal einen jungen Vogel, aber sie entwischten mir leider immer wieder.

Ich hatte noch keinerlei Erfahrung und auch noch keine richtige Jagdruhe in mir, also musste ich noch sehr viel lernen.

Hier und da sah ich auch schon mal eine meiner Schwestern in diesem Gelände, aber ob die erfolgreich waren, war mir völlig egal.

Ich wollte endlich eigenständig werden und darum kümmerte ich mich nur um mich.

Manchmal schlich ich mich durch das Rolltor nach Hause aber offenbar wurde ich hier nicht mehr gerne gesehen, da selbst meine Mutter mich nicht mehr besonders beachtete.

Ich fand unter einem Auto ein Stück Karton und legte mich mit knurrendem Magen dort schlafen.

Wach wurde ich durch ein sehr starkes Motorgeräusch und ich konnte gerade noch so vor dem auf mich zurollenden dicken Vorderreifen des großen Autos davonspringen.

Das war es dann.

Die Garage sah mich nie wieder.

Auf meinen Erkundungsgängen begegnete ich immer wieder viel größeren und stärkeren Gefährten, die mich aber direkt verscheuchten und ihr Revier mit ihrer Markierungsspritze penibel genau abgesteckt hatten und natürlich auch verteidigten.

Sofort probierte ich das auch aus, aber meine Spritze funktionierte noch nicht so richtig.

Ich war einfach noch zu jung und so war ich sehr vielen unangenehmen Dingen ausgeliefert und natürlich auch nicht gewachsen.

Ganz so hilflos war ich aber doch nicht, ich war zwar klein aber dafür sehr wendig.

Trotzdem ging ich jeder Prügelei, wenn es ging, aus dem Weg und versuchte mich eben so gut es ging durchzuschlagen.

Inzwischen schaffte ich es auch hier und da eine Maus zu fangen aber da ich ja immer ausgesprochen hungrig war, fraß ich die Maus mit Kopf und Schwanz.

Einmal schaute mir ein dicker, fetter Kater, vermutlich aus der Nachbarschaft mit einem Kopfschütteln zu und machte sich dann hochbeinig und großkotzig von dannen.

Er bekam bestimmt wo er zu Hause war ein besseres Fresserchen, wurde bestimmt verwöhnt und hatte für mich und mein Ausgehungert sein, keine Verständnis.

Ich hatte mir zur Übernachtung, insbesondere wenn es nachts lange Streifzüge gab und ich tags über müde wurde eine kleine Unterkunft ausgesucht, die in einer Gartenanlage mit einem sehr großen Wohnhaus lag.

Es gab da einen Komposthaufen neben dem ein kleiner Schuppen stand, wo ich, wenn ich mich ganz flach machte, durch eine kleine Spalte mich hinein quetschen konnte und wo es gar nicht mal so kalt war und ich auf jeden Fall, weil der Schuppen auch ein dichtes Dach hatte, meinen ungestörter Tiefschlaf genüsslich halten konnte.

Manchmal musste ich mein kleines Zuhause verteidigen, wenn irgendwelche Weggefährten meine Schlafstätte selbst in Anspruch nehmen und mich davon jagen wollten.

Ich hatte gemerkt, dass ich gar nicht mehr so kraftlos war und doch schon, wenn ich mich stark aufplusterte und rotzfrech auftrat, den anderen Paroli bieten konnte.

So langsam wurde ich größer, übte fleißig mit meiner Markierungsspritze ein etwas größeres Gelände zu gewinnen und stellte fest, dass ich bei vielen meiner Katzenkollegen recht großen Eindruck hinterließ und langsam respektiert wurde.

Mutter hatte einmal gesagt, Junge wenn du größer bist, musst du dir ein Betätigungsfeld in der Größe von zehn Fußballplätzen beschaffen, ständig deine Markierungsrundgänge machen und das ganze Gebiet gegen Eindringlinge gut schützen und verteidigen.

Wir hatten in der unmittelbaren Nähe ja so einen Sportplatz und der war verdammt groß.

Ich musste also zukünftig noch mehr Leistung bringen und noch viele Markierungsarbeiten auf mich nehmen.

Am Anfang war das alles ja recht schwierig und mühsam, aber inzwischen schaffe ich mit meiner Spritze, wenn ich meine Vorderläufe etwas einknicke und die Hinterbeine straff nach oben richte, so ein bis eineinhalb Meter weit.

Ich wusste nicht, was man für sein Revier zu markieren an Spritzmaterial brauchte, aber ich dachte, wenn es mehr als notwendig ist, kann das ja nicht falsch sein.

Noch bin ich ja am Anfang und ich habe ja auch noch etwas Zeit um das gesamte Terrain, was ich gerne für mich alleine in Anspruch nehmen möchte, mit meinen bescheidenen Besitzansprüchen zu versehen.

Während ich so dahin träumte, wäre mir fast entgangen, dass unmittelbar neben mir ein Maulwurf seinen hinteren Teil aus dem von ihm selbst gegrabenen Loch streckte.

Eine dringend notwendige Mahlzeit, die mir zwar nicht besonders behagte, denn Maulwürfe schmecken nicht so gut, aber was will man machen, wenn man Hunger hat.

Ich machte einen gewaltigen Satz auf den Hügel zu, spreizte meine Krallen und wollte gerade zupacken, da verzog er sich blitzschnell in sein Erdloch.

Offenbar hatte er mein Vibrieren bemerkt, denn Maulwürfe spüren und erkennen jegliche Bewegung, obwohl sie fast blind sind, reagieren sie aber sehr schnell auf Erschütterungen.

War verdammt nochmal wieder nichts.

Es blieb mir nichts anderes übrig, als bei dem überall verhassten Poldi von Frau Schneider ein paar Brocken aus seinen Napf, der meistens unter der Eingangstreppe vor dem Haus wo er auch wohnte platziert war und ihm so tagsüber, wenn Frau Schneider einkaufen ging und er Hunger hatte, eine kleine Mahlzeit für ihn hinterlegt war.

Ich musste nur höllisch aufpassen, dass ich ihm nicht in die Quere kam, denn der Brocken kannte keinen Spaß und wenn er mich erwischen würde, gäbe es für mich richtig was hinter die Ohren.

Aber er war ja nun nicht da und so fraß ich einfach seine Schüssel leer.

In der Pfütze, die noch von dem gestrigen Regen auf

den Eingangsplatten vor dem Haus zurück geblieben war, stillte ich meinen Durst und zog dann schnellstens wieder, allerdings gesättigt aus der Gefahrenzone ab.

Der Tag war wieder einmal gerettet.

Auf meinem Marsch zu meinem Schuppen tauchte Poldi auf der anderen Straßenseite auf, aber offenbar hatte er keine Lust sich mit mir anzulegen, denn er ging ohne zu mir hin zu schauen, seiner Wege.

Konnte mir ja nur recht sein.

Ich suchte mir ein ruhiges Plätzchen unter einem Holunderstrauch um mich erst einmal zu putzen, als plötzlich ein älterer Herr mit einem Gehstock vor mir stand und sagte:

"Na Mieze wo gehörst du denn hin"?

Ich hatte gerade mein rechtes Hinterbein hoch gestreckt, um mein Bauchhaar zu glätten und schaute den alten Mann verwundert an.

Wo sollte ich schon hin gehören, ich hatte kein zuhause.

Der alte Mann beugte sich zu mir herunter und streckte seine Hand nach mir aus.

Blitzschnell machte ich einen Satz weiter unter den Holunderstrauch, so dass er nicht an mich heran kommen konnte.

Ich kannte diesen alten Mann doch nicht und außerdem hatte ich mit den Menschen bisher so gut wie keinen Kontakt.

Einmal hatte ich erlebt, wie ein junger Bengel einen Stein nach einer meiner Schwestern warf und sie auch an einem Hinterlauf erwischt hatte.

Seit dem war sie, wenn vor etwas geflüchtet werden musste, immer die Letzte.

Ob sie eine langwierige Verletzung von diesem Steinwurf erlitten hatte, konnte ich natürlich nicht wissen.

Also lieber erst einmal einen Rückzug machen, als sich einfangen zu lassen und dann wenn nötig alle Krallen zur Verteidigung ausfahren zu müssen.

Der alte Herr erschrak und stand lange etwas niedergeschlagen da.

Ich legte meine Zurückhaltung etwas ab und miaute ihn zart an.

Schon glätteten sich seine Gesichtsfalten und er sagte:

"Du bist ja doch ein lieber Kerl"., stellte seinen Gehstock wieder stützgerecht hin und machte Anstalten zu gehen.

Schnell schoss mir in den Kopf, er könnte mir ja vielleicht ein zu Hause geben, kam aus meiner sicheren Position heraus und versuchte ihm zu folgen.

Als er das bemerkte drehte er sich herum und sagte:

"Mieze, du kannst leider nicht mit mir kommen, ich wohne auf der achten Etage in einem Hochhaus und da gibt es keinen Platz für eine Katze, die bisher nur die Straße kennengelernt hat".

Hier hatte der alte Mann recht.

Ich war wirklich nicht zum Stubentiger geeignet.

Ich schaute ihn aus großen Augen etwas mitleidig an und dachte, wie will der alte Mann in einem Hochhaus auf den achten Stock kommen, hoffentlich gibt es in diesem Haus einen Aufzug.

Ich drehte mich herum um nach Hause zu gegen und sah zu tiefst erschrocken in eine hässliche Fratze.

Dieser Unhold von Köter hatte Zähne so lang wie ein Elefantenstoßzahn und aus seinem großen Maul flossen links wie rechts dicke Speichelschaumkronen die keine gute Absicht erkennen ließen.

Seine Augen waren starr vor Mordlust und ich erkannte sofort, dass ich handeln musste.

Ich duckte meine Hinterbeine zum Sprung etwas ein und schon saß ich ihm auf seiner schrecklichen Fressapparatur.

Meine Krallen hatte ich so weit wie ich konnte ausgefahren und versuchte sie in seinem Pelz einzugraben.

Er knurrte laut auf und schleuderte seinen ganzen massigen Körper wie wild nach rechts und links, um mich los zu werden.

Zunächst hielt ich mich krampfhaft fest und schlug mit meiner rechten Tatze in Richtung seiner Augen.

Als er sich aus Gegenwehr auf dem Boden rollen wollte, sprang ich von ihm ab und rannte so schnell ich konnte in mein mir bekanntes Gelände.

Er war offenbar so verblüfft, dass er keinen Versuch machte mir zu folgen, was ich natürlich als Angstmerkmal ansah und mich als haushoch überlegener Sieger fühlte.

Lange konnte sich das Gefühl in mir nicht breit machen, da ich auf meiner Flucht an zwei Genossen vorbei kam, die mit mir gleichzeitig vor dem hässlichen Köter auf der Flucht waren und völlig außer Atem mir zuraunten, dass gerade dieser Köter schon zwei unserer Artgenossen auf dem Gewissen hatte.

Nun ja, ich hatte es überstanden und dachte, nachdem ich mich beruhigt hatte, über den alten Mann nach.

Warum gelingt es mir nicht eine nette Person oder eine freundliche Familie zu finden, die mich bei ihr aufnimmt und für mich sorgt.

Viele Katzen nehmen doch dieses tolle Los für sich in Anspruch.

Gibt es da möglicherweise eine Katzenbörse, eine Art Vorstellungsmöglichkeit oder muss man sich einfach, wenn es geht, bei den Menschen, wo man das Gefühl hat, bei denen könnte es einem gut gehen, einnisten.

Ich wusste es nicht, nahm mir aber vor, es bei der nächsten Gelegenheit bei irgend einem oder auch mehreren Menschen zu versuchen.

Inzwischen hatte ich mein Revier ausgedehnt und stabilisiert.

Ich hatte den gesamten Bereich um die Grün/Weiß Tennisanlage herum, die ja zu meiner Spielwiese zählte bis nach Thorr, dem nächsten kleinen Stadtteil den ich so gut wie im Griff hatte und damit verdammt viel zu tun, um jeden Morgen alles abzulaufen und neu zu markieren.

Natürlich begegneten mir einige Zeitgenossen bei meinen Kontrollgängen, aber ich ließ mich nicht aus der Ruhe bringen und machte jedem, ob Männlein oder Weiblein klar, dass ich mich hier vorrangig verhalten und mein mühsam aufgebautes Gebiet mit allen mir zur Verfügung stehenden Mitteln verteidigen würde.

Natürlich ging das nicht immer ohne Gegenwehr ab, aber ich wusste inzwischen wie man sich in jeder Situation behaupten konnte.

Eine aufgeplusterte Haltung, einen schräg nach vorne gerichteten Buckel, ein tiefes rollendes Knurren und ein leichtes nach vorne geducktes Springen, hinterließ schon einen furcherregenden Eindruck.

Nur Blacky, ein schwarzer offenbar auch hier ansässiger Kater, fand sich damit nicht ab und machte mir jedes Mal, wenn er mich sah, große Schwierigkeiten.

Einmal riss er mir mein linkes Ohr ein und bei einer anderen Prügelei hatte ich eine recht unangenehme tiefe Fleischwunde an meinem Hinterteil.

Mit viel Lecken konnte ich die Wunde sauber halten und war auch bald wieder auf den Beinen.

Es dauerte allerdings doch vier Tage, bis ich wieder einigermaßen fit aus meiner kleinen Behausung heraus kommen konnte.

Der Hunger trieb mich einfach.

Mit der Zeit hatte Blacky sich allerdings an mich gewöhnt und wir zogen auch schon das ein oder andere Mal gemeinsam um die nächstliegenden Häuser.

Von Blacky konnte ich viel lernen.

Es war ein durch und durch recht abgezockter Bursche, bestimmt fünf Jahre älter als ich und er kannte sich ausgesprochen gut bei vielen Mädels aus.

Eigenartigerweise liefen die meisten jungen Damen hinter ihm her und er konnte sich die Beste aussuchen.

Er imponierte insbesondere durch seine sehr erfolgreiche Jagdmethode und er konnte es sich leisten, immer für andere einen Happen übrig zu lassen.

Mich interessierte das alles noch nicht, ich wollte mir erst einmal ein vernünftiges zuhause schaffen.

Es kam der Winter und es wurde wieder eiskalt.

Möhrchen, einer schwarzen Katzendame hatte ich in einem umnachteten Augenblick erlaubt, bei mir in meiner Behausung, wohnen und leben zu dürfen.

Nun, für den Winter war das ja sehr sinnvoll, da wir uns, wenn es richtig kalt wurde, recht eng aneinander schmiegten, um es so etwas wärmer zu haben.

Möhrchen imponierte mir nicht.

Ich hatte ganz andere Vorstellungen, nur jetzt im Winter waren andere Dinge viel wichtiger.

Was und wie bekomme ich etwas zwischen die Zähne und wie schützt man sich am Besten vor der manchmal verdammt großen Kälte.

Meine Kontrollgänge wurden oberflächlicher und immer weniger und mir begegnete auch kaum noch einer.

Doch dann war sie da.

Die schöne bunte Katzendame, die mir bei meinen Ausflügen zwar selten, aber wenn, dann doch recht eindrucksvoll aufgefallen war.

Ich muss fürchterlich ausgesehen haben.

Mein Fell war zerzaust und teilweise verklebt, die Reste meiner Wunden, die ich mir bei meinen Kämpfen zugezogen hatte, waren deutlich zu sehen und abgemagert war ich natürlich auch.

Trotzdem schaute sie mich bemitleidenswert an und begann mit ihrem süßen Mäulchen an mir herum zu lecken und mich von oben bis unten zu beriechen.

Ich ließ es mir gefallen, es tat mir gut und meine kalten Pfoten merkte ich in dem so um die zehn Zentimeter hohen Schnee überhaupt nicht mehr.

Doch plötzlich fing es fürchterlich an zu regnen, es nahte wohl ein Gewitter und die gerade kennengelernte Katzendame begann sich blitzschnellen Fußes auf ihr sicheres zuhause hin zu bewegen.

Ich folgte ihr einfach und ich ging davon aus, dass ihr es nicht unangenehm war.

Durch den Garten des Nachbarn und über einen Zaun kamen wir auf ein eingezäuntes Grundstück, wo sie zuhause und vor allen Dingen sicher war.

Sie stellte sich auf der Terrasse vor das große Wohnzimmertürelement schaute dann mit großen Augen in das Wohnzimmer hinein und miaute mehrmals laut.

Ich saß hinter ihr zusammengekauert in strömendem Regen und verhielt mich ganz ruhig.

Hier war ja nicht mein Reich, hier hatte ich ja nichts zu sagen und auch nichts zu miauen.

Der Herr des Hauses bekam ihre Bemühungen herein kommen zu wollen mit und öffnete ihr die Türe eines kleinen Seitentraktes.

In der Hand hielt er ein Handtuch, um sie trocken reiben zu können.

Tinka, so hieß die Katzendame, machte zwei drei schnelle Bewegungen und war blitzschnell im Haus ohne abgetrocknet zu werden verschwunden.

Nun stand ich da in strömendem Regen, abgemagert mit klatschnassem Fell und schaute den Hausherrn

Tinka

fragend an.

Der machte zunächst einen verdutzten Eindruck, wirkte aber nicht abweisend, so dass ich nicht direkt an eine überhastete Flucht dachte.

Plötzlich griff Herr Ludwig, so hießen die Leute die dort wohnten, mit der rechten Hand meinen Nacken, so dass ich sofort in der Starre, die ich von Mutter kannte, inne hielt.

In frühester Jugend griff unsere Mutter, wenn sie uns wo anders unter bringen wollte, auch zu diesem Griff und wir rührten uns dann nicht mehr.

Wenn Mutter nämlich zu dieser Maßnahme griff, hieß das ab sofort Gefahr und wir mussten uns in diesem Moment ganz ruhig verhalten.

Immer ging das allerdings nicht gut, da ja alles schnell gehen musste und sie immer nur jeweils eins von uns nehmen konnte und so gab es auch schon mal ein paar Blessuren.

Er hatte mich also fest im Griff und trotzdem versuchte ich aus dieser Haltung mit meinen Drehbewegungen heraus zu kommen, die ich mir bei meinen Revierkämpfen mit meinen Nebenbuhlern angeeignet hatte.

Selbst mit meinem zusätzlichen Beißen und Kratzen gelang es mir leider bei diesem festen Griff nicht.

So mit mir strampelnd ging er in den Keller, genau gesagt in die Waschküche und ließ mich dort los.

Was sollte ich machen, ich saß in der Falle.

Von meiner kleinen süßen Maus, die mich hierher gelockt hatte keine Spur.

Ich schüttelte mich zuerst einmal kräftig, so als ob ich sämtliche Flöhe aus meinem Fell an die Decke schleudern wollte, leckte mich wo ich konnte und wo ich hinkam ab und hielt Ausschau nach einer sicheren Ecke.

Herr Ludwig ließ mich gewähren, ging aus der Waschküche heraus, schloss die Türe und ließ mich allein.

Verdammt dachte ich, in was bin ich denn hier hinein geraten.

Sind das möglicherweise Katzenfänger und dient Tinka die feine Dame nur als Lockvogel oder habe ich in meinem Leben endlich das große Los gezogen?

Ich wusste es nicht.

Nach ein paar Augenblicken der Verwirrtheit schaute ich mich nun etwas genauer in der Waschküche um, in der reichlich viel Krempel stand.

Stühle und dazu Liegestühle, die sicherlich im Sommer auf der Terrasse stehen, eine Anrichte mit Spüle, eine Waschmaschine, ein Trockner und ein alter Schrank mit vielen Pappkartons, vermutlich mit Waschpulver gefüllt.

Während ich mich noch nach einer für mich passenden Ecke umsah, ging die Türe auf und Frau Ludwig kam mit einem Katzenkorb, bestimmt noch aus Tinka´s Zeiten, einem Napf mit Leckereien dessen Duft mir direkt in die Nase stieg, einer Schüssel mit Wasser und ein für mich völlig neuer Kasten, einem Katzenklo.

Es sah so aus als ob hier für mich ein zuhause eingerichtet würde und meine Gedanken spielten mit mir total verrückt.

Sie deponierte das alles unten bei mir, direkt in meiner Ecke und verschwand so schnell wie sie gekommen war.

Was ist das denn, dachte ich.

Ein Zimmer für mich mit Leckereien und einer feudalen Schlafgelegenheit direkt an der warmen Heizung , was will man mehr.

Draußen regnete, stürmte und schneite es und hier hatte ich ein traumhaftes Paradies.

Nur eins schreckte mich ab und machte mich nachdenklich, ich konnte nicht hinaus.

Aber was soll´s.

Zunächst schlug ich mir den Bauch voll, legte mich in den Katzenkorb, rollte mich ein und schlief den Schlaf des Unschuldigen und den Schlaf des Gerechten.

Dass Frau und Herr Ludwig an diesem Abend mehrmals nach meiner Verfassung gesehen und nach mir geschaut hatten, bemerkte ich nicht.

Ich war abgetreten, ein Gefühl, welches ich seit Langem nicht mehr kannte und letztmalig mit zwei meiner Geschwister in Mutters Schoß erleben und genießen durfte.

Glückseligkeit pur.

Als ich am Morgen wach wurde, saß Tinka vor mir.

Die Türe zum Innern des Hauses stand weit offen und ich konnte auf eine geschwungene offene Wendeltreppe sehen, die nach oben führte.

Tinka versuchte mich zu animieren, mit nach oben zu kommen, aber ich hatte keine Lust.

Mir ging es doch hier unten ausgesprochen gut.

Treppenaufgang

Hier war es schön, warm, gemütlich und sicher.

Warum sollte ich meinen Standort wechseln.

Als Tinka merkte, dass ich nicht wollte, ging sie ohne zu murren oder zu knurren alleine nach oben, eben eine feine Dame.

Nach zwei Tagen, ich befand mich immer noch in der Waschküche, hatte ich das Bedürfnis einmal alles genauer unter die Lupe zu nehmen.

Mein Fell hatte sich nach einer ausgiebigen Putzstunde geglättet und ich war auch sonst gut drauf.

Ich ging, weil die Waschküchentüre immer noch offen stand, in den Kellervorraum, sah in ein großes Büro und erkannte rechts die offene Treppe nach oben.

Ich machte ein paar Sätze hinauf und stand in der Eingangsdiele.

Tinka hatte vermutlich schon gespürt, dass ich mich umsehen wollte, denn sie stand vor der Wohnzimmertüre, sprang hoch drehte sich um ihre eigene Achse und rannte aufgeregt mit Zwischenstopps in das Wohnzimmer hinein.

Frau und Herr Ludwig saßen auf einer Couch und schauten gemeinsam in ein Fernsehgerät.

Herr Ludwig sah mich zuerst und sagte:

"Na wer kommt denn da".

Ich ging langsam auf ihn zu, schaute die beiden lange eindringlich an, versuchte herauszufinden ob ich hier wohl bleiben konnte, drückte mich dann doch an die Beine von Herrn Ludwig mit genüsslichem Schnurren.

Es sollte eine große Freundschaft werden.

Ganz glücklich war ich allerdings nicht, als man mich

Das Büro, Flori´s Spielplatz

eines morgens in einem Korb und dann in ein Auto packte um mich zu einem Tierarzt zur Untersuchung brachte.

Man wollte offenbar wissen, was ich alles für Krankheiten hatte.

Mir wurde mein Blut abgenommen, dann wurde ich mit einem besonderen Kamm gekämmt, in mein Maul und meine Ohren gesehen und fertig.

Was war dabei heraus gekommen.

Trotz meiner schwierigen Zeit, draußen in der freien Natur, hatte ich außer Flöhe nichts.

Ich bekam ein paar stinkende Tropfen in meinen Nacken und damit war alles erledigt.

Wir fuhren wieder nach Hause und ich konnte weiter herumtollen.

Mit Tinka kam ich prima aus, da sie mir viel zeigte und ich die Hoffnung hatte, mit ihr vielleicht im Frühjahr oder Sommer auch wieder nach draußen in die freie Welt zu dürfen.

So vergingen die Tage, mir ging es gut und ich hatte nichts dagegen, wenn der Hausherr mich auf seinen Arm nahm und mit mir schmuste.

Eines abends nahm ich meinen ganzen Mut zusammen, ging auf Herrn Ludwig zu, der in seinem Fernsehsessel saß, sprang auf seinen Schoß und rollte mich dort ein.

Er legte seine Hand auf meine Hinterläufe und blieb mit mir dort ruhig sitzen.

Ein tolles Gefühl.

Wohl behütet schlief ich ein und es war mir nicht recht,

Mein Lieblingsplatz

als er aus welchem Grund auch immer, aufstehen musste und mich auf den Boden setzte.

Wer weiß, vielleicht war ich ihm auch zu schwer geworden, obwohl ich nur etwas mehr als vier Kilo Gewicht hatte.

Zwei Tage später hörte ich ihn in seiner kleinen Werkstatt sägen, hämmern und zimmern und innerhalb eines Tages brachte er dann einen Katzenbaum nach oben mit drei Liegeflächen und einem Königsplatz als Abschluss ganz oben.

Der Katzenbaum stand noch nicht richtig an seinem Platz, da war ich schon mit einem Satz ganz oben drauf.

Es waren Auflagen mit Teppichbodenresten, ganz weich und angenehm und der Stamm war mit einer dicken Kordel umwickelt an der wir unsere Krallen wetzen konnten.

Tinka sah sich das alles abwartend an und sprang nach geraumer Zeit dann doch auf die oberste Plattform.

Ich legte mich eine Etage tiefer auf die wohlige Fläche und machte keine Anstalten, den besten Platz oben Tinka streitig machen zu wollen.

Tinka hatte es verdient und so waren die Fronten geklärt.

Manchmal, wenn ich alleine im Wohnzimmer war, legte ich mich oben drauf aber sobald Tinka herein kam, verließ ich diesen Platz freiwillig, um ihr meine Dankbarkeit zu zeigen.

Die Aussicht da oben durch das große Wohnzimmerfenster nach draußen war sehr angenehm und so kam es

Ich auf dem Katzenbaum

dass wir sehr oft, Tinka oben und ich eine Etage tiefer, auf dem Katzenbaum zusammen lagen.

Ich lebte mich sehr schnell ein und es gefiel mir immer besser.

Ludwig´s hatten jetzt zwei Katzen und ich hatte endlich ein zuhause und war gut versorgt.

Da für Tinka in der Terrassenklapptüre zum Kellerabgang ein Katzenloch eingebaut war, konnte Tinka, wenn dort die Klappe auf war, ungestört nach draußen.

Wie es dann so passiert, wurde an mich nicht mehr gedacht oder meine Zeit, die ich offenbar aus Sicherheitsgründen im Hause verbringen sollte war vorbei und so huschte ich genau so wie Tinka durch diese Klappe in`s Freie.

Nun stand ich da, mitten auf der Terrasse mit allen Möglichkeiten.

Ich machte ein paar Sprints durch den Garten, legte mich dann langgestreckt auf die warmen von der Sonne angestrahlten Terrassenbretter und genoss die ersten Schritte in Freiheit.

Ich wollte nicht mehr weg, hier war jetzt meine Heimat und mein zuhause.

Tinka hatte offenbar keinerlei Bedenken wegen meines möglichen Verschwindens, denn sie versuchte mir die Besonderheiten die es hier draußen gab zu zeigen.

In der hinteren linken Ecke des Gartens gab es einen schattigen Freisitz mit einer Pergola und wunderschönen Bepflanzungen.

Tinka zeigte mir wie man dort oben hinauf kam und wie man dort herumalbern konnte und was noch viel

Tinka

wichtiger war, wie einfach man diesen bevorzugten Platz gegen eventuelle Eindringlinge gut verteidigen konnte.

Weiterhin zeigte sie mir, wie man durch das Nachbargrundstück, auch wenn die zwei Hunde vom Nachbarn draußen im Garten waren, trotzdem auf die Straße kam und ohne Probleme auch wieder zurück gelangen konnte.

Es war verpönt, den Vordereingang von dem Haus, wenn die Eingangstüre schon mal offen stand zu benutzen, da sich dort auch sehr oft Möhrchen und Blacky aufhielten, die zu den freien Stromern zählten und noch kein zuhause gefunden hatten oder auch nicht wollten.

An der Eingangstüre waren im linken Bereich der Türe Butzenscheiben angebracht, so dass man bequem hinaus schauen konnte und eigentlich alles was vor dem Haus passierte mitbekam.

Tinka und ich hatten uns über die Straße in das gegenüberliegende Gelände gewagt und tollten da ausgiebig herum.

Es gab viel Unterholz wo man sich wenn nötig gut verstecken konnte, viel unebenes Gelände mit Sträuchern, Wildwuchs und Brennnesseln, so dass uns unter normalen Umständen nichts passieren konnte.

Nach zwei Stunden zog es Tinka wieder nach Hause und ich folgte ihr freiwillig wie selbstverständlich.

Der erste Ausritt war also geschafft und nun musste wegen mir nichts mehr abgeschlossen werden.

Ich war also angekommen.

Von nun an führte ich ein tolles Leben.

Die zwei Ludwig's geben mir den Namen "Flori" und der gefiel mir.

Für mich hießen sie jetzt Frauchen und Herrchen, das war einfacher.

Frauchen gab mir und natürlich auch Tinka meistens unsere Leckereien und Herrchen machte ich zu meinem Führungskater.

Er hatte mich ja schließlich auch gepackt und in's Haus geholt.

Ihm war ich besonders zugetan.

Er war immer freundlich zu mir, aber auch manchmal streng.

Geschlagen wurden wir beide, Tinka und ich allerdings nie.

So lebten wir unser Leben, machten unsere Ausflüge, tobten oft im Garten herum und genossen dieses angenehme Leben.

Als ich draußen in dem Wiesengelände ein Jungkaninchen fangen konnte, war mir direkt klar, dass ich das Kaninchen sofort mit nach Hause nahm und meinem Herrchen schenken wollte.

Ich hatte dem Kaninchen nur das Genick durchgebissen, so dass es nicht stark blutete und hoffte, dass ich meinem Herrn eine besondere Freude machen würde indem ich meinen Fang ihm vor seine Bürotüre legte.

Aber Herrchen war entsetzt, was ich natürlich überhaupt nicht verstand und daraufhin etwas verschnupft von dannen zog.

Was es doch für komische Menschen gibt.

Tinka hatte alles mitbekommen, hielt sich aber zurück.

Vielleicht wusste sie schon, was gut oder auch nicht gut war.

Sie war ja schon länger hier zuhause und kannte sich deshalb auch hervorragend aus.

Manchmal hatte ich den Eindruck, dass sie mir nicht nur helfen wollte, sondern an mir auch noch ein paar erzieherische Maßnahmen durchführen wollte, denn da hatte ich ja leider nicht all zu viel von Mutter mitbekommen und ich war sehr dankbar dafür, was ich ihr meistens mit hochgestelltem Schwanz bekundete, wenn sie mir ab und zu ein paar Hilfestellungen gab.

Wenn ich allerdings aus Zuneigung zu ihr zu nahe an sie heran kam oder möglicherweise auch noch mit Lust und Freude an ihr schnuppern wollte, bekam ich von der unnahbaren Dame ein paar heftige Ohrfeigen, die auch schon mal zu kleinen Blutungen führten und besonders dann, wenn sie ihre Krallen die recht scharf waren ausgefahren hatte.

Es war ja nun mal eine schöne Katzendame und ich glaube sie wusste es auch.

Dass sie meine Annäherungsversuche, die ohne Bedenken ernst gemeint waren auf der ganzen Linie ignorierte, kränkte mich schon ein wenig.

Ich fand sie toll, achtete sie, war von all den Dingen die sie wusste begeistert, eiferte ihr in vielen Dingen auch schon ein wenig nach und hatte in der kurzen Zeit schon ein liebevolles Gefühl für sie entwickelt.

Ich wollte mir es mit ihr einfach nicht verderben.

Tinka und ich beim Mittagsschlaf

Ich hielt also Abstand und kam so mit ihr sehr gut aus.

Trotzdem hatten wir keine Berührungsängste und lagen auch oft gemeinsam zusammen.

Eines Tages wurden wir beide in einen Katzenkorb der recht gemütlich und mit einer warmen Decke ausgelegt war hinein gelegt und dann in das Auto von Herrchen geladen.

Ich dachte sofort, dass es auf eine längere Reise gehen würde.

Es wurden nämlich noch Koffer, Taschen, Decken und Kleinzeug mit verladen, so dass es um uns herum ziemlich eng wurde.

Ich versuchte sofort meinen Platz in dem Korb in dem ich lag so einzurichten, dass ich hinaus auf die Straße sehen konnte.

Ich hatte ja leider bisher noch keinen nennenswerten Platzwechsel in meinem Leben vorgenommen und somit auch noch nicht meine Merkfähigkeiten testen oder trainieren können.

Katzen haben nun mal einen guten Orientierungssinn, doch hier zuhause im Umkreis von vier bis fünf Kilometer kannte ich jeden Grashalm, aber das war ja eigentlich für jede Katze keine all zu große Kunst.

Aber als Tinka erzählte, dass Frauchen und Herrchen noch ein Haus in Holland hatten und wir vermutlich dort hinfahren würden, käme ja was das Merken und den Orientierungssinn anging, eine etwas schwierigere Aufgabe auf mich zu.

Man weiß ja nie, wofür es gut ist.

Von besonders schlauen Kollegen, die selbst mit dem

Das Haus in Holland

Flugzeug über zweitausend Kilometer zurück gelegt hatten und dann doch wieder den Weg über Land nach Hause fanden, hatte ich schon gehört.

Eine bemerkenswerte tolle Leistung, die ich mir hochnäsig wie ich nun einmal war, auch zugetraut und zugemutet hätte.

Der Wille in so einem Fall durchzukommen, war jedenfalls bei mir vorhanden und so richtete ich meinen Katzenverstand und meine Katzensinne voll auf die bevorstehende Reise.

Also wartete ich ohne zu Maulen oder zu Miauen auf die Abreise und da wir in einem schicken BMW X 5 fuhren, konnte das alles ja recht bequem und interessant werden.

Tinka war das wohl alles völlig egal, sie legte sich in Fahrtrichtung direkt in eine Schlafposition, schaute nur noch kurz auf einen Rottweiler, der mit seinem Herrn an unserem Auto vorbei ging und wie sie offenbar richtig vermutete, von uns in dem Wagen nichts bemerkte.

Denn die meisten Hunde sind eigentlich recht stumpfsinnig, in vielen Situationen ungeschickt und was noch viel wichtiger ist, Katzen, also uns, was die Cleverness betrifft, haushoch unterlegen.

Ihr Menschen behauptet zwar immer, wir Tiere und hier meine ich erst einmal uns Katzen, hätten keinen Verstand, aber weit gefehlt, wir handhaben und nennen dieses Phänomen nur anders.

Was ist denn bei euch Menschen, wenn davon gesprochen wird und worauf ihr so Stolz seit eigentlich der

Verstand.?

Doch nichts anderes als eine disziplinarisch von der Regierung verordnete oder durch eine sogenannte von Gesetz wegen verfügte Maßnahme, die zu der Gesellschaftsordnung in der ihr lebt, zum normalen Dasein notwendig ja sogar unumgänglich ist, damit eine Ordnung zum täglichen Ablauf eures Lebens gewährleistet ist.

Trotzdem zeigt ihr oft, dass ihr den Verstand, den ihr meint, in Wirklichkeit gar nicht habt, sonst würdet ihr doch unter euch keine Kriege anfangen, in denen ihr aus Lust und Raffgier tötet oder beherrschen wollt.

Solch einen Unfug kennen wir Katzen nicht.

Wir töten oder fangen andere Tiere nur um satt zu werden und müssen gleichzeitig darauf achten, dass wir selbst von größeren Tieren nicht getötet und gefressen werden.

Nur bei den blöden Hunden ist das anders die greifen auch an nur weil sie meinen sie wären stärker als wir Katzen.

Sollen sie das ruhig meinen.

Wir haben nämlich den sogenannten Verstand, nur gehen wir damit anders um.

Wir machen was wir wollen, müssen uns keiner übergeordneten Stelle unterwerfen, lieben und leben die Freiheit und haben nichts mit Politik, Globalisierung, Stress und Entwicklung zu tun.

Wir leben in einer Art Selbstverwaltung und kommen damit sehr gut zurecht.

Lediglich die Hausherren, bei denen wir leben und

wohnen, werden von uns akzeptiert und auch gerne anerkannt, weil sie für uns sorgen und uns ein angenehmes Leben ermöglichen.

Aus Dankbarkeit bieten wir Ausgeglichenheit, Gemütlichkeit, Unterhaltung und Spiel, denn die Menschen die uns mögen, erleben durch uns eine andere, bessere Welt und haben dadurch eine viel höhere Lebensqualität.

Herrchen und Frauchen wissen das bestimmt, sonst nähmen sie uns nicht überall mit hin.

Herrchen und Frauchen stiegen, nach dem alles verpackt war ein, hatten sich vorher noch einmal davon überzeugt ob das Haus gut verschlossen war und los ging die Fahrt.

Zunächst ging es auf die Autobahn, die ich noch nicht kannte und ich wunderte mich, dass die Wiesen und Felder so schnell an uns vorbei sausten.

Ich musste höllisch aufpassen, dass ich die Schilder, die überall zu erkennen waren, auch so schnell lesen oder mir merken konnte, wie sie an uns vorbei huschten.

Wenn wir auf eine Ansammlung von Häusern zu kamen, vermutlich einen Ort oder eine Stadt, vermerkte ich das in mir direkt als sehr wichtig.

Venlo, Eindhoven, Amsterdam, Alkmaar und dann Richtung Den Helder, oh je, was für eine Mammutaufgabe.

Nach ungefähr dreieinhalb Stunden fuhren wir an einem großen Kanal entlang, bogen dann irgendwann links ab und wenige Minuten später kamen wir an eine

Der Hintereingang von unserem Haus in Holland

Schranke, die offenbar zum Eingang gehörte, wo Frauchen und Herrchen ihr Haus eingezäunt und geschützt
stehen hatten.

Tinka hatte die ganze Zeit ruhig in ihrem Katzenkorb
gelegen, wurde aber plötzlich recht unruhig und wollte
aus ihrem Korb heraus.

Sie biss ständig in das Türgestänge und machte einen
verdammt großen Lärm.

Frauchen drehte sich zu uns herum und sagte: "Ist doch
gut Tinka, wir sind doch gleich da".

So war es dann auch und als der Wagen anhielt,
Frauchen ausstieg und auf einen schönen Flachdach-
bungalow zuging um ihn zu öffnen, hatte Tinka von
Herrchen die Türe von ihrem Korb geöffnet bekommen
und sprang direkt aus dem Wagen heraus um in der
nächsten Hecke zu verschwinden.

Sie hatte wohl auch so einen Druck wie ich.

Da sie ja hier sicherlich schon öfter war, hatte sie natürlich ein paar Vorrechte und ich musste ja zuerst
einmal alles kennen lernen.

Die Bungalows lagen in einem riesigen Park mit
Bäumen, Sträuchern, Wald Büschen und viel Wasser.
Ein tolles Gelände, wo es sicherlich für mich viel
Interessantes zu sehen und zu erleben gab.

Ich konnte es kaum abwarten, bis ich aus dem Katzenkorb heraus kam.

Plötzlich sah ich, wie Tinka hinter einer großen
Konifere hervor kam und hinter ihr ein kleiner schwar-
zer Kater versehen mit einem dichten dicken wolligen
Fell.

Juri

Die beiden begrüßten sich recht freundlich und ich dachte schon an einen Liebhaber von Tinka als die sich aber dann doch sehr schnell herum drehte und dem stattlichen schwarzen Katzenknäuel einen unverhofften Schlag versetzen wollte.

Also doch nicht dachte ich und war gespannt, wie dieses schwarze Knäuel auf mich reagieren würde.

Es war bestimmt ein Kater, der hier in der direkten Nachbarschaft sein zuhause hatte und hier wohnte.

Inzwischen hatte mich Herrchen in das Haus gebracht und bei verschlossenen Türen mich aus meinem Korb heraus gelassen.

Langsam, allerdings nicht über den Boden kriechend, erkundete ich erst einmal die Lage.

Es sah alles sehr gemütlich aus.

In der Ecke am Fenster stand auch ein Katzenbaum auf den ich sofort einmal hinaufkletterte und mir von oben alles ansah.

Ich war auf Anhieb mit allem zufrieden nur musste ich dringend auch einmal nach draußen um mein Geschäft zu machen.

Herrchen hatte aber offenbar etwas anderes mit mir vor, denn er brachte mich in die Diele wo ein Katzenklo stand, den ich zunächst einmal benutzen sollte.

Schade dachte ich, ich hätte zu gerne mit Tinka einen Erkundungsausflug gemacht da sie ja hier wohl auch alles kannte und mir bestimmt ungeheuer viel zeigen konnte doch als Frauchen herein kam und mich auf dem Katzenklo sah, war sie auch der Meinung wie Herrchen, dass ich zuerst einmal ein paar Tage im Hause verbringen sollte um mich an die neue Umgebung zu gewöhnen.

Tinka tobte mit Juri, so hieß das schwarze Fellknäuel wie ich später erfuhr, auf der Terrasse herum, vor den bis zur Bodenfliese nach unten gehenden Wohnzimmerfensterscheiben, so dass ich alles klar und deutlich mit ansehen konnte.

Juri, der zu der alten Frau Zaddach, die gegenüber wohnte gehörte, war wohl nur der Vorbote, denn es hatte sich wohl blitzschnell herumgesprochen, dass Tinka da war und so ließ er sich auch nicht lange bitten.

Romeo, ein Riese von einem Kater, trollte heran und wollte auch Tinka begrüßen.

Doch als Tinka Romeo sah, wollte sie sofort in das Haus und schrie so laut damit irgend eine Türe geöffnet werden sollte.

Frauchen sah Tinka vor der Küchentüre und ließ sie sofort hinein.

Offenbar kannte sie die Beziehung zwischen Romeo und Tinka.

Tinka mochte Romeo nicht.

So einfach kann man das beschreiben.

Romeo war kein übler Kater und ich hoffte, dass er mit mir klarkommen würde.

Tinka, das neckische Frauenzimmer, stand aber schon wieder vor dem Fenster von dem Anbau, um unmittelbar direkt wieder durch die Katzenklappe nach draußen laufen zu können.

Später, als ich auch hinaus durfte, merkte ich, dass das

ein beliebtes Spiel von Tinka war, da hinaus und da wieder herein.

Nun gab es von Frauchen zuerst einmal eine gute Mahlzeit.

Ich bekam meinen Fressnapf in die Diele mit einer Schüssel Wasser und im Napf besondere Leckereien und Tinka bekam ihr Fressen, wie immer in der Küche.

So hatte jeder seinen Bereich und es gab auch keinen Ärger.

Wir fraßen uns beide satt und suchten nach der langen Reise eine gemütliche Ecke um zu schlafen.

Tinka ging in´s Schlafzimmer von Frauchen, was hier in Holland immer ihr Platz war und ich hatte nach zwei Anläufen auch den richtigen Platz gefunden, nämlich oben auf dem Katzenbaum.

Mein erster Schlaf in der Seeluft war tief und fest.

Trotzdem schreckte ich einmal auf, als der übergroße Kater Romeo im Traum meinen Weg kreuzte und sprunghaft auf mich zu kam.

Ich überlegte zu fliehen, blieb aber stehen und schraubte meinen Rücken gebogen nach oben um Eindruck zu schinden.

Der Hollandriese bremste nicht eine Sekunden und so sah ich es doch als klüger an, direkt unter den stämmigen Ästen eines im Garten stehenden Feuerdorns Schutz zu suchen.

Romeos mächtiger Körper wurde zwar durch die spitzen Dornen des Feuerdorns gestoppt, zwängte sich aber trotzdem irgendwie durch die Stacheln und versuchte an mich heran zu kommen.

Romeo

Hier hatte ich durch meine kleinere Statur einen Vorteil, da ich mich dünn machen konnte und so von dem fauchenden Ungetüm nicht erreicht werden konnte.

Als aber die langen Krallen dann doch bis zu mir durchdrangen, wurde ich total erregt wach und war froh, dass es sich nur um einen erschreckenden Traum gehandelt hatte.

Oh je, dachte ich, was geschieht wenn ich ihm wirklich draußen begegne.

Der Morgen kam und ich sah Tinka unten auf dem Fußteil des Katzenbaums sitzen, der mit seinem Gewicht dieses schöne Bauwerk stabil und standfest machte.

Tinka sah mit einem fordernden Blick zu unserem hereinkommenden Herrchen auf und blickte von ihm zum Fenster und wieder zurück.

Herrchen kannte ja Tinka genau und er wusste sofort, dass Tinka durch das Seitenfenster und den daran anschließenden Anbau durch die dort installierte Katzenklappe nach draußen wollte.

Herrchen machte das Fenster einen Spalt weit auf und schon war Tinka mit einem kleinen Hüpfer aus dem Fenster und Sekunden später draußen auf der Terrasse.

Als ich das sah und Herrchen keine Anstalten machte das Fenster zu schließen, war ich ebenfalls blitzschnell draußen.

Tinka kam auf mich zu, schlug mir mit ihrer rechten Tatze leicht auf meinen Rücken, was mir suggerierte in Ordnung so, alles richtig, alles gut gemacht.

Gute Tinka, sie wusste immer was man machen sollte.

Ines

Wir schlichen gemeinsam um das von Herrchen im letzten Frühjahr aufgebaute Geräte und Werkstatthaus, als Juri uns auf dem Fußweg zu unserem Gartentürchen entgegen kam.

Juri hatte mich bis jetzt ja offenbar noch nicht gesehen, blieb stehen und schaute mich überrascht an.

Ich setzte mich auf den Weg und fing an mich zu putzen um ihm meine Gelassenheit zu zeigen.

Er schaute zwar zu mir herüber, tat aber so, als ob ihn das nicht interessieren würde.

Für mich war das ein sicheres Zeichen von Kommunikationsbereitschaft.

Tinka ging auf Juri zu, strich mit gehobenen Schwanz um ihn herum und rollte sich dann auf dem Weg, der mit dem für das Fell ausgezeichneten Muscheluntergrund versehen war.

Sie stand wieder auf, miaute Juri an, der ihr Miauen erwiderte und mich in ein völliges Erstaunen versetzte.

Juri war ein holländischer Kater und er miaute genau so wie wir.

Er miaute also nicht auf holländisch und wir konnten uns direkt problemlos verständigen.

Später kam noch eine schöne andalusische Katze namens Ines aus dem Eckhaus vom Hauptweg dazu und auch sie miaute in den gleichen Tönen wie wir.

Mensch dachte ich, was sind die Menschen doch zurückgeblieben.

In Holland, in Spanien, in Italien usw., überall sprechen die Menschen in unterschiedlichen Sprachen, haben andere Lebensformen und können sich, wenn sie die andere Sprache nicht beherrschen, überhaupt nicht unterhalten und somit auch nicht verständigen.

Das soll Verstand sein?

Nein!

Da sind wir Katzen doch ein ganz schönes Stück weiter.

Warum haben denn die Menschen eigentlich verschiedene Sprachen?

Eine eigenartige Einrichtung in deren Leben.

Wollen sie damit bestimmte Unterschiede hervorheben, oder ist das nur ein Landeserkennungszeichen?

Ich weiß es nicht und verstehe es auch nicht.

Alle Tiere kommunizieren untereinander nach der Vorgabe ihrer Rassen.

Ein Hirsch röhrt in Europa genau so wie seines Gleichen in Indien oder ein Hund bellt in Spanien genau so wie ein Hund in Russland.

Der Mensch ist doch auch eine Rasse, warum denn da die unterschiedlichen Sprachen.

Von besonders großer Intelligenz zeugt das Ganze allerdings nicht.

Na ja, mir kann es egal sein, Hauptsache ich verstehe mich mit Frauchen und Herrchen auch wenn wir nicht miteinander reden und unsere Ausdrucksformen unterschiedlich sind aber trotzdem durch Gesten und andere Verhaltensweisen gut verständigen können.

Es war schönes Wetter, die Sonne schien und wir zogen zu Viert an der linken Gracht entlang durch hohes Schilf und dichtes Unterholz, sprangen sehr oft an den am Weg stehenden Bäumen hoch und wieder herunter und freuten uns des Lebens.

Tinka und Ines liefen voraus, während Juri und ich auf ein paar Frösche achteten, die wenn wir auf sie zukamen direkt in die Gracht sprangen.

Ob Juri ein guter Jäger war, wusste ich nicht.

Von daher verließ ich mich auf meine eigenen Fähigkeiten, die ich mir angeeignet hatte und für meine Begriffe aussichtsreicher waren.

Ich hielt noch Ausschau nach einem lohnenden Fang, da kam Juri mit einem Perlhuhn in seinem Maul, dem er schon den Hals durchgebissen hatte und zeigte mit Stolz seine Errungenschaft.

Verdammt nochmal dachte ich, der Kerl kann offenbar doch etwas.

Juri versuchte im Unterholz mit dem Perlhuhn direkt zu verschwinden, entweder um seinem Frauchen Frau Zaddach das Huhn zu bringen oder in einer ruhigen Ecke sich selbst die gute Mahlzeit zu gönnen.

Man muss sich das einmal vorstellen, hier gab es fast an jeder Ecke etwas Fressbares zu fangen und hier war irgendwie immer der Tisch gedeckt.

Was für ein Schlaraffenland.

In meiner Jugendzeit hatte ich mir so etwas immer gewünscht und hier war es Wirklichkeit.

Ich ließ Juri ziehen und machte mich auf, Ines und Tinka wieder zu erreichen, die schon recht weit vor der nächsten Wegbiegung waren und aus meinem Blickwinkel zu verschwinden drohten.

Ich legte einen kurzen Spurt ein und war schon fast

wieder in ihrer Nähe, als aus dem kleinen Waldstück neben der Gracht Romeo auftauchte.

Wie angewurzelt blieb ich stehen und wartet auf die Dinge die nun kommen würden.

Kein Putzen, kein Lecken, keine Bewegung dachte ich, volle Konzentration und auf alles gefasst sein, um reagieren zu können.

Romeo kam näher, machte kurz halt, schaute noch Tinka und Ines nach und trottete dann zielstrebig auf mich zu.

Was sollte ich tun, flüchten wäre sinnlos, denn irgendwann wäre diese Situation ja ohnehin einmal vorhanden, also wartete ich weiter ab.

Was sollte jetzt geschehen, greift er mich nun an, will er mir zeigen wer hier der Herr ist.?

Ob Romeo mein ruhiges Warten als Stärke ansah, ich wusste es nicht, feststellen konnte ich allerdings, dass er ohne sich zum Kampf aufzubauen, weiter auf mich zu kam und offenbar friedliche Absichten hatte.

Ich war erleichtert, setzte mich einladend hin und Romeo folgte meiner Geste.

Er ließ ein kurzes Miauen hören und war einer Freundschaft mit mir offenbar nicht abgeneigt.

Allerhand dachte ich so, denn Romeo war bestimmt schon an die siebzehn, wenn nicht sogar achtzehn Jahre alt und ich als so junger Spund einen solch erfahrenen Freund haben zu können, war doch prima.

Da wir Katzen ja ausdauernd sein können, hatte ich das Gefühl auch hier an gleiches Stelle bestimmt schon zwanzig Minuten gesessen zu haben.

Romeo stand plötzlich auf, ging an mir vorbei weiter in Richtung Hauptweg und vermutlich zu seinem Schlafkorb bei Frau Zaddach.

Es war also alles gut gelaufen und ich wollte nun schnellstens zu Tinka und Ines doch die beiden waren nicht mehr zu sehen.

Wo sie nun hin waren oder hin wollten wusste ich natürlich nicht und so trottete ich auch langsam nach Hause.

Frauchen sah mich unter dem Lattenzaum am Freisitz hervorkommen und rief mich zu sich.

Ich ging über die Wegplatten, die mittig im Garten zur Terrasse hin verlegt waren und ließ mich von ihr auf den Arm nehmen.

Nach kurzer Begrüßung und kurzem knutschen nahm sie mich mit hinein, gab mir ein Stückchen Fleischwurst, was ich genüsslich verputzte und verzog mich dann auf den Katzenbaum um es mir gemütlich zu machen und ein wenig zu schlafen.

Es wurde spät und Tinka war immer noch nicht da.

Sie hätte schon längst zuhause sein müssen.

Herrchen und Frauchen wurden langsam unruhig und schauten ständig im Garten oder auf der Terrasse nach Tinka.

Es wurde 23,00 Uhr, es wurde 24,00 Uhr und es war immer noch nichts von Tinka zu sehen.

Alle Türen waren inzwischen verschlossen, so dass ich auch nicht mehr hinaus konnte und nur feststellte, dass Herrchen und Frauchen sehr aufgeregt waren.

Sie unterhielten sich darüber, dass Tinka in all der Zeit,

die sie mit ihr schon nach Holland reisten, so etwas noch nie gemacht hatte und befürchteten, dass ihr möglicherweise etwas passiert sei.

Frauchen sagte, dass gegenüber in der Parallelstraße manchmal ein rothaariger Kater frei herumlaufen würde, der sehr aggressiv und angriffslustig sei und keinen seiner Artgenossen in seiner Nähe dulden würde.

Er hätte selbst Romeo schon angegriffen und ihn ziemlich ramponiert.

Frau Zaddach konnte Romeo danach drei Tage nicht aus dem Haus lassen.

Doch Romeo hatte sich offenbar revanchiert, denn seit einiger Zeit war von dem roten Teufel nichts mehr zu sehen.

Ich sah wie Herrchen mit der Taschenlampe durch das offen gelassene Gartentürchen ging und den Weg ableuchtete, um womöglich Tinka zu entdecken.

Nichts.

Die Schwierigkeit war, dass im Anbau nicht die Katzenklappe und im Wohnzimmer nicht das Seitenfenster offen gelassen werden konnte, denn dann wäre für mich gleichzeitig die Möglichkeit gewesen heraus zu kommen, was ja so spät nicht mehr sein sollte.

Es war inzwischen 3,15 Uhr in der Nacht.

Herrchen war wegen Tinka aufgeblieben aber ungewollt wegen Übermüdung im Sessel vor dem Fenster eingeschlafen.

Ich lag immer noch auf meinem Katzenbaum und hatte blinzelnd alles im Griff als sich urplötzlich mein

Schnauzbart straffte.

Das geschieht immer dann, wenn sich etwas Unvorhergesehenes ankündigt oder höchste Aufmerksamkeit erforderlich ist.

Mehrfach hat mich diese Besonderheit schon vor Unheil bewahrt.

Kam Tinka nun endlich nach Hause oder war es etwas anderes.

Es war Tinka.

Ihr buntes Falbkatzenfell war schwarz.

Sie war vermutlich durch eine stinkend dunkle Schlammgrube gezogen oder gejagt worden und sah fürchterlich aus.

Herrchen bemerkte sie wegen seines tiefen Schlafes nicht und so stand Tinka ganz verzweifelt vor der Terrasseneingangstüre und miaute erbärmlich.

Ich sprang von meinem Katzenbaum herunter und ging auf das Fenster zu.

Tinka kratzte mit samten Pfötchen draußen an der Terrassentürscheibe um mir zu sagen, mach doch auf.

Nur konnte ich das ja nicht.

Für solch eine Aufgabe war jetzt nur Herrchen da.

Als Tinka Anstalten machte, sich von der Terrasse zu entfernen, sprang ich blitzschnell Herrchen einfach auf den Schoß, um ihn wach zu machen.

Herrchen reagierte sehr schnell, blickte hinaus, sah Tinka, ging zur Küchentüre und machte sie auf aber nicht ohne vorher die Wohnzimmertüre zu schließen, damit ich nicht auch noch heraus huschen konnte.

Klar wäre ich hinaus gegangen um zu sehen, was mit

Tinka passiert war.

Aber Tinka kam sofort total von oben bis unten verschlammt herein und Herrchen packte sie im Nacken um sie erst einmal grob zu untersuchen.

Sichtbare Kampfwunden hatte sie nicht und so wurde sie erst einmal mit einem trockenen Lappen abgerieben und das alles in der Küche, oh je.

Die Lehmklumpen vielen nur so ab, gut dass Frauchen das nicht sah denn die lag ja noch im Bett und schlief.

Herrchen ließ Tinka los und die flüchtete sofort unter das Bett von Frauchen und da kam sie dann auch nicht mehr hervor.

Als ich mich ihr nähern wollte, fauchte sie mich an und ich wusste, heute geht hier nichts mehr.

Am anderen Morgen sah die Sache schon anders aus.

Tinka hatte über Nacht wohl kein Auge zu getan, denn ihr Fell war bis auf ein paar Stellen wieder blank und sauber, sie hatte sich sehr wahrscheinlich die ganze Nacht geputzt.

Nur ein immer noch recht übler Geruch umgab sie nach wie vor und den bekam sie so schnell auch nicht los.

Meine Spürnase sagte mir, dass sie offenbar dem Liebesdrängen von Romeo aus dem Weg gegangen ist oder aber dem feurig frechen Kater, der alles attackierte, direkt in die Quere gekommen war.

Sagen wollte sie mir das nicht, sie miaute mich nur an und damit war die Sache für sie erledigt.

Feststellen konnte ich nur, dass sie sich in den Tagen darauf nicht mehr so sehr weit von unserem Haus entfernte und bei der kleinsten Kleinigkeit direkt ins

Haus zurück lief.

Das war mir auch ganz recht.

Als sie wieder gut aussah, turnten wir an der Pergola herum, kletterten oben auf die Querholme und Tinka zeigte mir, wie man von dort aus auf die Dächer der Häuser kam und von oben einen hervorragenden Blick über die Straßen vor dem Haus und auch hinter dem Haus hatte.

Man bekam von hier oben alles mit, was unmittelbar in der Nachbarschaft passierte.

Von hier oben war es ein wunderbarer Blick auf das Haus von Frau Zaddach und man konnte jeden sehen, der dort ein und aus ging und ob Juri oder Romeo vor dem Haus auf der Fußmatte Platz genommen und sich breit gemacht hatte.

Wir hatten beide gerade eine gut überblickende Position eingenommen als Tinka wie von einer Tarantel gestochen auf die Pergola zuraste um vom Dach herunter zu kommen und in das Haus zu flüchten, als ich auch schon bemerkte warum.

Es kam ein riesiges Ungetüm auf unser Haus zugeflogen, ein riesiger Vogel den ich bis jetzt noch nicht gesehen hatte und auch nicht kannte.

Natürlich folgte ich Tinka so schnell ich konnte in´s Haus, wollte aber sehen, was da nun auf unser Haus zu kam.

Frauchen hatte die Situation als Erste erkannt und nach Herrchen gerufen.

"Komm mal schnell Richard, der Pfau ist wieder da, er kommt uns besuchen".

Der Pfau

Ein imposantes Tier landete vor der Terrasse auf der Wiese, entfaltete sein Federrad und sah umwerfend bunt und regelrecht schön aus.

Frau Zaddach hatte zwei von diesen Vögeln an ihr Haus gewöhnt in dem sie diese beiden Schönheiten fütterte und manchmal, wie eben jetzt, kam dann auch schon einmal einer zu unserem Haus, da Frauchen auch immer einen besonders guten Leckerbissen parat hatte.

Da jetzt nur ein Pfau kam, bekam dieser auch nur alleine seine für ihn bestimmte Ration.

Frauchen hielt ihm in der offenen Hand den Leckerbissen hin und sein spitzer Schnabel pickte aus Frauchen´s Hand nach dem leckeren Happen.

Er bediente sich ein paar mal und flog dann nach einem etwas schwierigen Start über die Dächer der Häuser wieder davon.

Mensch dachte ich, was es hier alles gibt.

Wegen einem Igel den ich gestern Abend quer über den Muschelweg offenbar zu einem Haufen Laub laufen sah, hatte ich keine Regung.

Hasen und Kaninchen waren mir auch nicht fremd.

Igel kannte ich auch schon aus Bergheim, aber einen Pfau hatte ich in Bergheim noch nicht vor meine Katzenaugen bekommen.

Schon einmal einen Fasan, der ja viel kleiner war, nur ähnlich aussah, aber einen Pfau, das war schon etwas Besonderes.

Nach einer für mich sehr lehrreichen Woche, ging es wieder nach Hause zurück.

Ich hatte mir den Weg, der allerdings sehr lang war

Frauchen füttert den Pfau

und von mir höchste Aufmerksamkeit erforderte so gut wie ich konnte gemerkt.

Die unterschiedlichen Geräusche der einzelnen Streckenabschnitte waren noch durch die Hinfahrt in meinem Gedächtnis und hier muss ich noch einmal sagen, was glauben denn die lieben Menschen eigentlich was wir im Kopf haben und wozu wir fähig sind.

Nun musste ich sämtliche Geräuschkulissen von der Hinfahrt, die ich im Gedächtnis gespeichert und mir gemerkt hatte, umgekehrt mit den Geräuschen auf der Rückfahrt in Einklang bringen.

Eine höllische Aufgabe.

Aber ich wollte die Orientierung unbedingt hinkriegen, da es mir in Holland bei Romeo und Juri so gut gefallen hatte, dass ich mir gut vorstellen konnte, hier noch einmal hin zu kommen, um mit den beiden noch viel zu unternehmen.

Vielleicht war das zwar alles nicht nötig, wenn Frauchen und Herrchen sowieso hier und da nach Holland in ihr eigenes Haus fahren um dort Urlaub oder ein verlängertes Wochenende zu machen, dann käme ich ja bestimmt auch wieder dahin.

Aber sicher ist sicher.

Wir fuhren zurück, wieder auf der ellenlangen Straße, die mit Leuchten die auf Stangen standen versehen war und die ständig rot, gelb oder grün strahlten und wo Herrchen bei rot anhalten musste.

Hier merkte ich mir auch wieder die Geräusche von den Schiffen, die auf dem Kanal fuhren, wo Herrchen zu Frauchen von dem sehr langen Nordholland-Kanal sprach.

Genau so war es kurz vor Amsterdam wo ich mir die Geräusche in der Luft von großen Ungetümen anhörte, die Herrchen Jumbos nannte.

Später wurde mir klar, es handelte sich um Flugzeuge, die in Amsterdam starten und landen würden und deren Einflugschneise recht tief über die Autobahn ging.

Die Autobahn führte nämlich direkt an dem großen holländischen Airport Schiphol vorbei.

Ich hatte mir bis nach Hause verdammt viel zu merken und ich war froh, als wir in unsere Straße einbogen, die ich natürlich durch die in den Boden eingelassenen Schwellen genau kannte weil Herrchen hier sehr langsam fahren musste.

Wir wurden aus unseren Körben draußen auf der Terrasse herausgelassen und konnten erst einmal unsere steif gewordenen Glieder straffen und bewegungsfähig machen.

Tinka hatte da mehr mit sich zu tun als ich, sie war ja auch älter.

So gingen die Tage dahin.

Mal hatte ich eine Streiterei mit Blacky, der ja vor unserem Haus lebte und manchmal ärgerte mich der Hund von nebenan.

Es blieb aber alles im Rahmen, bis ich eines abends nach einem heftigen Kampf mit einer riesigen Ratte nach Hause kam.

Frauchen ließ einen ohrenbetäubenden Schrei von sich und Herrchen kam direkt mit einem großen Spaten, den er blitzschnell aus dem Keller geholt hatte angelaufen.

Bevor ich die Ratte in´s Haus bringen konnte, waren alle Türen verschlossen und nun saß ich da mit meiner tollen Errungenschaft etwas irritiert auf der Terrasse.

Ich ließ meine Beute los und siehe da, ich hatte die Ratte zwar im Genick erwischt aber offenbar war sie noch nicht ganz erledigt, denn sie versuchte zu fliehen.

Frauchen sprang sofort auf einen Stuhl der auf der Terrasse stand und Herrchen schlug mit dem Spaten nach diesem Vieh und ich wunderte mich, dass ich die überhaupt, wenn auch nicht restlos, erlegen konnte.

Es war schon eine recht große Ratte und ich konnte Frauchen fast verstehen, dass sie deswegen auf einen Stuhl sprang.

Tinka stand daneben und rührte sich nicht.

Vielleicht dachte sie, soll doch der Flori sich darum kümmern, warum bringt er auch so ein Vieh mit nach Hause.

Als die Ratte in einer Ecke auf der Terrasse saß, versuchte sie an der Wand hoch zu springen doch dann war es mir einfach zu bunt.

Ich machte, während sie wieder hoch sprang, ebenfalls einen Satz nach oben, erwischte sie voll rücklings und biss mächtig zu.

Nun hing sie schlaff in meinem Maul und Herrchen jagte mich mit der Ratte direkt auf das Nachbargrundstück in der Hoffnung, dass ich sie da fallen lassen würde.

Was für eine dumme Angelegenheit.

Ich strenge mich an, um einen fetten Fang nach Hause

zu bringen und werde dann mit meiner Beute davon gejagt.

Warum dachte ich, es gibt doch sehr viele Ungerechtigkeiten auf dieser Welt.

Nur eins wusste ich jetzt, Ratten sind zu Hause nicht erwünscht.

Als ich dann nach einer Stunde ohne Ratte wieder nach Hause kam und auf Herrchens Schoß springen wollte, war der nicht besonders von meiner Idee angetan und schob mich wieder auf den Boden.

Mag sein, dass er glaubte ich hätte dieses Vieh gefressen.

Nein, habe ich natürlich nicht und als er sah, dass ich mich über meinen gefüllten Fressnapf hermachte, wurde er doch schon wieder viel zugänglicher.

Am Tag darauf turnte ich mit Tinka auf der Pergola herum, über dem Freisitz hinten im Garten.

Es war ein richtig guter Kletterplatz für uns beide.

Die Pergola war komplett mit wunderschönem Goldregen bewachsen und es gefiel unserem Frauchen nicht besonders, wenn wir beiden da oben hintereinander herliefen.

Darum rief sie uns zu, wir sollten doch da herunter kommen, wir würden doch nur den schönen Goldregen kaputt machen.

Wir hatten es beide gehört, wollten aber so richtig nicht darauf eingehen und wollten einmal mehr zeigen, dass wir nicht so folgsam sein wollten, wie es Hunde oftmals sind.

Wir machten einfach so weiter, bis ich neben einen

Balken trat und kopfüber die ungefähr drei Meter hohe Pergola auf die am Boden in Mosaikform verlegten Steine herunter stürzte.

Frauchen bekam das alles mit und schrie vor Schreck auf.

Sie konnte es ja nicht ahnen oder wusste es auch nicht, dass wir Katzen über einen sogenannten Umdrehreflex verfügen, der es uns ermöglicht immer auf die Pfoten zu fallen.

Das geschieht immer in Sekundenbruchteilen unbewusst und wird durch unseren beim Fall ausgetreckten Schwanz balanciert und gesteuert.

Mir war also nichts passiert.

Damit aber der Schreck von Frauchen nicht umsonst war, humpelte ich ein wenig und verzog mich nach drinnen auf den Katzenbaum.

Als ich aber hier meinen schönen Platz eingenommen hatte und mir es gemütlich machen wollte, bemerkte ich, dass meine rechte Pfote doch etwas abbekommen haben musste, denn sie schmerzte recht ordentlich.

Herrchen meinte direkt, nachdem er sich das angesehen hatte, dass das unbedingt von unserem Tierarzt Dr, Schlömer in Horrem untersucht und behandelt werden müsste.

Ich mochte Dr. Schlömer, denn er ging immer sehr behutsam mit mir um und meistens war ich auch nach nicht all zu langer Zeit schnell wieder fit.

Aber offenbar war es dieses Mal doch nicht ganz so einfach.

Vermutlich hatte ich im Fall noch versucht mich an einem Balken festzuhalten, denn die Haut war von dem Ballen bei dem Sturz abgerissen und ich sollte so lange im Hause bleiben, bis die Haut wieder nachgewachsen war und ich ohne Schmerzen wieder laufen konnte.

Nun ja, das konnte ja noch heiter werden.

Man kann sagen, dumm gelaufen.

Für Tinka war direkt klar, dass sie auch drinnen blieb, denn sie hatte so eine Art kollegiale Mitempfindung entwickelt um mein Leid zu erleichtern, was geradezu aufopfernd war.

Als Frauchen einmal krank war und sich bei einer dummen Bewegung den Rücken gezerrt hatte und sich kaum oder nur sehr schlecht bewegen konnte, strich Tinka unentwegt um ihre Beine herum und wenn Frauchen sich etwas hinlegte, um sich auszuruhen, sprang Tinka direkt auf ihren Schoß und rollte sich bei ihr ein.

Frauchen gefiel das besonders und ich sah ein, wenn ich das auch machen würde, hätte ich bestimmt viel bessere Karten bei Frauchen.

Na ja, mal sehen, vielleicht kriege ich das irgendwann ja auch noch hin.

Im Hause festgenagelt zu sein machte mir überhaupt nichts aus.

Hier gab es ja immer noch Einiges zu entdecken und auszuprobieren.

Herrchen hatte ja hier unten ein großes Büro und wenn er nicht da war, konnte ich nach Herzenslust in seinem Büro herum stöbern.

Besonders hatte es mir sein Schreibtisch angetan.

Überall lagen weiche Papierunterlagen die gut zum Schlafen geeignet waren und wo ich mich gerne darauf einrollte.

Meistens schimpfte Herrchen wenn ich schon wieder einmal darauf gelegen hatte, was ich natürlich überhaupt nicht verstehen konnte.

Scheinbar hatte ich durch mein herumtollen alles durcheinander gebracht und Herrchen musste wieder alles ordnen.

Besonders gerne spielte und beschäftigte ich mich mit seinem Computer.

Wenn er in seinem Büro war und er durch irgend etwas bei der Arbeit gestört wurde, sei es, dass er für Frauchen etwas tun musste oder er an die Türe zu einem Gespräch mit einem Nachbarn gerufen wurde, hatte ich immer freie Pfote.

Es faszinierte mich, wenn ich mit meinen Pfoten auf irgend eine Taste drückte, dass dann vor mir auf der viereckigen Scheibe, wo man drauf schauen musste, immer neue andere Bilder auftauchten und wenn ich Glück hatte, auch schon mal ein paar Kollegen von mir dort erschienen, die ich dann sehen konnte.

Eine interessante Apparatur, die mir eben gefiel.

Als er einmal länger weg blieb, war ich auf dem Tastenfeld, auf das man drücken musste wenn sich etwas bewegen oder verändern sollte, einfach eingeschlafen und wurde als er zurück kam, mit einem bösen Ausruf davon gejagt.

Nach vier Tagen war mit meiner Pfote wieder alles klar aber es regnete in Strömen, so dass keiner von uns,

Unser Spielplatz im Garten oben auf der Pergola

Tinka genau so wenig wie ich, aus dem Haus hinaus wollte.

Tinka hatte in der Waschküche eigentlich noch etwas zu erledigen, denn sie trollte herunter in den Keller um zu sehen ob die gefangene und tot gebissene Maus, die sie unter einem Eckregal versteckt hatte, noch da war.

Es kam nämlich in der Waschküche langsam ein Verwesungsgeruch auf und Frauchen hatte beim letzten Gang in die Waschküche schon die Nase gerümpft und offenbar schon etwas bemerkt, hatte aber noch nicht mit Herrchen darüber gesprochen.

Das schien Tinka auch aufgefallen zu sein und deshalb versuchte sie jetzt alles zu bereinigen.

Ich ging hinter ihr her und schaute mir an, was sie jetzt mit der Maus machen wollte.

Fressen konnte sie die Maus nicht mehr, die lag ja nun schon zu lange da unten und die Maus entsorgen, ja, aber wie?

Mich interessierte es nun mal sehr, ob Tinka so viel Ordnungssinn hatte, die Maus nun zu packen und durch das Katzenloch nach oben in den Garten zurück zu bringen um sie dort da irgendwo zu verscharren.

Sie kam gar nicht dazu, da Frauchen mit einem Bündel Wäsche herunter kam und die Maus, die Tinka unter dem Schrank hervor geholt hatte, mitten in der Waschküche liegen sah.

Ein leichter Schreck mit dem Ausruf "Oh je" war zu hören, das war alles.

Sofort nahm sie eine Schaufel und einen Handfeger, kehrte die Maus auf die Schaufel und trug sie hinauf um sie draußen vor dem Haus in der Mülltonne verschwinden zu lassen.

Na gut, das war erledigt.

Es kam das Wochenende und meistens hatte Herrchen wenn der Wetterbericht schönes Wetter ankündigte dann etwas vor.

Da Herrchen und Frauchen noch ein Haus in der Eifel hatten, war immer die Frage offen, wo fahren wir denn dieses Wochenende hin.

Für Holland brauchten wir wenigstens vier oder fünf Tage, sonst lohnte es sich nicht dort hin zu fahren.

Für die Eifel reichte schon ein verlängertes Wochenende.

Da Herrchen seine Arbeitszeit frei bestimmen konnte, war die Eifel mit gut einer Stunde Fahrzeit interessanter.

Tinka kannte das alles, denn sie war ja schon öfter in dem Haus in der Eifel gewesen, aber für mich war ja nun alles komplett neu.

Darum war ich auch jetzt sehr gespannt, was für eine Entscheidung getroffen würde und wo es nun hin gehen sollte.

Es ging recht schnell, da Herrchen zu Frauchen sagte, wir fahren in die Eifel bis Montag und wollen ja in Daun noch etwas erledigen und Frauchen fing sofort an zu packen.

Für mich bedeutete das direkt wieder höchste Aufmerksamkeit in allen Bereichen.

Fahrtweg einprägen und im Gedächtnis speichern, Straßenbeschaffenheit merken, Geräusche registrieren auseinander halten und richtig zuordnen, Zeitabstände für die einzelnen Wegstrecken festhalten, Gerüche aufnehmen, besondere Laute merken und dann ganz besonders die Tageszeit, hell oder dunkel an jedem Standort merken.

Herrchen hatte seinen BMW gepackt und wir fuhren los in Richtung Eifel.

Blacky und Möhrchen saßen nach dem wir das Haus verlassen hatten auf dem Treppenabsatz vor dem Haus und schauten uns wehmütig hinterher.

Hungern mussten die beiden nicht wenn wir verreist waren, sie wurden gut von einer Nachbarin versorgt.

Als Frauchen und Herrchen das Haus in Bergheim gekauft hatten, waren insbesondere abends die beiden vor der Türe.

Offenbar hatte die Vorbesitzerin die zwei vor dem Haus geduldet und sie mit entsprechenden Mahlzeiten auch versorgt.

Anfangs dachten wir, dass es mit unseren beiden möglicherweise Auseinandersetzungen und Reibereien geben könnte und waren deshalb nicht besonders davon angetan, dass die zwei Möhrchen und Blacky sich auch weiterhin vor unserem Haus aufhielten.

Aber wir konnten ja nichts dagegen machen und so fanden wir uns einfach mit der Tatsache ab, dass wir auch noch zwei Katzen vor dem Haus hatten.

Ingrid, eine Nachbarin, die zwei Häuser um die Ecke wohnte und auch zwei Katzen hatte, versorgte dann die Zwei, so dass Frauchen und Herrchen beruhigt mit uns fort fahren konnte.

Tinka und mir war das egal.

Da sie ja frei herum liefen, konnten sie sich auch einmal auf Beutejagd begeben, denn Möglichkeiten etwas zu fangen, gab es ja genug.

Als wir aus unserem engeren Bereich heraus fuhren, den ich ja kannte und dann in eine für mich völlig neue Umgebung kamen war ich wieder höchst angespannt und aufmerksam.

Wenn Frauchen schon einmal ihre Hand an die Türklappe vom Katzenkorb legte, in dem ich ja saß und den Finger zum Kraulen hinein steckte, war mir das schon zu lästig und lenkte mich nur von meiner Konzentration auf den Fahrtweg ab.

Bis Bliesheim konnte ich die großen Schilder auf der Autobahn erkennen, dann ging es rechts ab in Richtung Blankenheim.

Bis dahin war es ja noch alles recht einfach.

Nun ging es aber in Schlangenbewegungen, mal rauf und mal runter in Richtung Nürburgring.

Ich weiß das deshalb, weil Frauchen mit Herrchen ständig über die Fahrroute sprach und Frauchen durch eine veränderte Anreise als sonst, etwas mehr von den schönen Dörfern der Eifel sehen wollte.

Nach etwas mehr als einer Stunde kamen wir in dem kleinen Ort Gunderath an, in dem es als Haupt-attraktion den holländischen Freizeitpark "Center Parks" mit weit mehr als hundert fünfzig Ferienhäu-sern, Sportanlagen mit Tennis, Squash, Familiensauna, Schwimmbad und einen Supermarkt gab, direkt in unmittelbarer Nähe des sehr schönen Hauses von

Frauchen und Herrchen.

Wir mussten einen kleinen Berg hinauf fahren, kamen an einigen Müllcontainer vom Center Park vorbei und mir fiel auf, dass sich hier ein paar Katzenkollegen und wenn ich es richtig gesehen habe, auch einige Katzendamen aufhielten.

Vielleicht gab es hier etwas umsonst oder die Essensreste, die im Container gelandet waren, eigneten sich noch vorzüglich als Leckerbissen.

Auf jeden Fall war mir auf Anhieb klar, dass hier etwas los war und ich konnte es kaum erwarten aus meinem Korb heraus zu kommen und meinen ersten Erkundungsgang hier durch die Eifel zu machen.

Es kam aber wieder anders, ganz genau so wie in Holland.

Tinka durfte raus und ich musste im Haus bleiben.

Ich sah mir das Haus, weil alle Türen zu den einzelnen Räumen offen standen genau an.

Ein schönes Haus mit großem Wohnzimmer, offener Küche, drei Schlafzimmer, Bäder und einer Garage, die allerdings von innen verschlossen war, aber Herrchen in die dreißig Zentimeter starke Außenwand für uns ein Katzenloch geschlagen hatte, was aber jetzt ebenfalls verschlossen war.

In der Küche fand ich meinen Fressnapf, es gab noch einen in der Diele, aber ich nahm den in der Küche, schlug mir den Bauch voll und kletterte auf den auch hier am Fenster stehenden Katzenbaum um erst einmal alles von innen zu betrachten.

Es war ein schöner Ausblick.

Das Haus in der Eifel

Durch die Scheiben konnte ich erkennen, dass das Haus mitten in einem Waldstück lag und mit einem großen Grundstück versehen war.

Ein richtig tolles großes Holzhaus stand in einer Ecke, die, so wie der ganze Garten mit einer Hecke aus Koniferen umgeben war.

Herrliche Versteckmöglichkeiten dachte ich und freute mich schon auf die Spielchen, die ich mit Tinka da draußen machen würde.

Es dauerte eine lange Woche bis ich endlich hinaus durfte.

Zwischenzeitlich hatte ich mit Tinka geklärt wo wer auf der Couch sitzen und wo wer bei wem schlafen durfte.

Die Garage hatte ich mir auch ansehen können, allerdings mit verschlossenem Katzenausgang und als an einem schönen Morgen für Tinka alle Türen auf gemacht wurden, marschierte ich sofort hinter ihr her.

Wir waren tatsächlich mitten im Wald.

Überall huschte etwas an mir vorbei oder ich hörte Töne, die ich bisher nicht kannte.

Eine vollkommen andere Welt umgab mich und ich musste auf alles Neue besonders achten.

Tinka beobachtete mich genau, was ich jetzt wohl machen und mit der neuen Umgebung anfangen würde.

Zunächst erkundete ich Pflanzen, Sträucher und Bäume, die direkt auf dem Grundstück standen und wagte mich über die Umzäunung des Grundstückes noch nicht hinaus.

Das war auch gut so, denn es gab verdammt viele

Die Einzäunung in der Eifel

Hunde hier und ich wusste ja noch nicht mit welchem Hund von welchem Nachbarn man gut klar kommen konnte und wo man besonders aufpassen musste.

Tinka konnte mir dabei nicht besonders helfen, denn sie verließ das Grundstück von unserem Haus so gut wie nie und hielt sich meistens in dem geschützten Bereich auf, wo ihr keiner etwas tun konnte.

Ich brauchte einen halben Tag bis ich den Mut fand über den von Herrchen errichteten Lattenzaun zu springen und die ersten vorsichtigen Erkundungsgänge außerhalb des Grundstückes zu machen.

Schon nach einigen Metern außerhalb der sicheren Umzäunung hatte ich schon eine eigenartige Begegnung.

Sanny, der Pudel von der Nachbarin rechts von uns war ebenfalls über den Zaun gesprungen und wollte mich offenbar näher kennen lernen.

Barbara, ihr Frauchen war außer sich als sie das sah und schrie mit forderndem Ton "Sanny komm sofort zurück".

Da Sanny von ihrem Frauchen nie an der Leine geführt wurde und freilaufend auch nicht hören wollte, störte sie sich jetzt auch nicht daran und sprang weiter auf mich zu.

Sie wollte mich bestimmt nur kennen lernen.

Gefährlich sah sie nicht aus und so machte ich die Sprünge einfach mit.

Wir rannten hintereinander her und jeder versuchte den anderen auszubremsen.

Natürlich war ich überlegen, wollte das aber so direkt

nicht zeigen und sprang den Stamm von einem nahe stehenden Baum nur einen Meter hoch, krallte mich dort fest und wollte sehen, wie der Pudel sich jetzt verhalten würde.

Sanny drehte aber abrupt ab und folgte dem Aufruf ihres Frauchens, die sie daraufhin lobte und direkt mit in´s Haus nahm.

Ach dachte ich, das mit Sanny wird wohl in der unmittelbaren Nachbarschaft kein so großes Problem werden.

Ich schaute mich daraufhin weiter in dem Waldgelände um, ging auch schon einmal auf den befestigten Weg, wo sich vermutlich die Spaziergänger mit ihren Hunden hauptsächlich bewegten und war außer mir vor Freude über die vielen Möglichkeiten die sich mir boten.

An der ersten Wegbiegung entdeckte ich hinter einem Stapel gefällter Bäume einen großen Haufen in dem sich ständig alles bewegte.

Von Ameisen, die ich ja kannte und wo ich auch schon von gehört hatte, wusste ich, dass sie sehr fleißig sind und in einer großen Gemeinschaft leben.

Dass das aber ein so riesiger Haufen sein würde, konnte ich mir zu Hause in Bergheim einfach nicht vorstellen.

Ich schaute mir das Gewimmel eine Zeit lang an und sprang dann einfach aus Neugier was nun passieren würde, auf den Haufen oben drauf.

Es war eine verrückte Entscheidung von mir, denn sofort wurde ich von den kleinen Ameisen von allen

Seiten angegriffen, so dass ich schnellstens von dem Haufen wieder herunter sprang.

Überall hatte ich nun die Ameisen in meinem Fell und ich brauchte einige Zeit, um mich von diesen Tierchen wieder vollends zu befreien.

Für den ersten Tag war das genug und ich lief wieder zurück zu unserem Haus, da ich am ersten Tag ja auch nicht all zu viel riskieren wollte.

Außer einer Putzstunde war mir ja nichts passiert.

Tinka wartete schon auf mich nach meinem alleinigen Ausflug und begrüßte mich freudig mit einem seitwärts Hinterteilsprung.

Ich lernte in den vierzehn Tagen die wir in der Eifel waren Carlos, Benny und Daisy kennen, die etwas höher im Hang bei Katinka wohnten, einer jungen Frau, die das Haus von ihrem Vater übernommen und zu einer Tierhochburg verändert hatte.

Für ihren frechen Ronny gab es hinter dem Haus im Garten einen Zwinger von wo er trotzdem alles im Blick hatte und wenn ich schon mal bei ihm vorbei kam, schrecklich grollte und mir Angst einjagen wollte.

Daisy hatte es mir angetan. Sie war eine schöne britische Langhaarkatze mit sehr gedungenem muskulösen Körper, seidenem Fell, einem breiten Schwanz und einer kleinen Nase, die Katinka vor einigen Jahren aus England mitgebracht hatte und nun in der Eifel lebte.

Sie machte auf mich einen intelligenten, ruhigen und unaufdringlichen Eindruck und ich hatte sie, als ich sie das erste Mal sah, direkt ganz einfach in mein Herz

Daisy

geschlossen.

Ich merkte, dass sie sich häufig von Carlos oder Benny mit einer Kleinigkeit wie einer Spitzmaus oder einem Jungvogel verwöhnen ließ und sich dann auch äußerst dankbar zeigte.

Tinka schien mein Interesse an Daisy aufgefallen zu sein, was sie mir gegenüber mit einer gewissen Hochnäsigkeit kund tat.

Sie begleitete mich bei meinen Streifzügen nur noch sehr selten und wenn, dann auf gar keinen Fall zum Haus und zu dem Grundstück von Katinka.

Da Daisy von Natur aus sehr neugierig war, tauchte sie hier und da auch auf unserem Grundstück auf, was ich selbstverständlich sehr begrüßte und als besondere Zuneigung zu mir empfand.

Dumm war nur, dass Katinka mit ihren fünf Lieblingen, auch mit dem kleinen Dackel der Wurzel hieß aber harmlos und nicht besonders erwähnenswert war, ausgerechnet drei Tage in der Zeit in der wir da waren zu ihrem Vater verreiste und somit Daisy, die sie natürlich auch mitnahm mir fehlte und ich durch ihre Abwesenheit unlustig wurde und sehr traurig war.

Wenn der Abend kam und Tinka und ich drinnen waren, legte sich Herrchen oft in seinen Fernsehsessel mit hochklappbarem Fußteil, dass ich dann sofort zum Anlass nahm, um auf seinen Schoß zu springen und mich genüsslich einzurollen.

Die Idylle, die Ruhe und die Ausgeglichenheit führte dann meistens schon nach kurzer Zeit für uns beide zum Tiefschlaf.

Ronny

Nun ja, es wurde eine richtig tolle Woche und wenn es nach mir gegangen wäre, hätte das alles auch noch viel länger dauern dürfen.

Hier konnte man nach Herzenslust toben, die Gegend erkunden und alle Sinne schärfen.

Aber Herrchen hatte zu Hause noch viel vor.

Es sollte dieses schöne Anwesen in der Eifel verkauft werden, da Frauchen leider mit ihrem schrecklichen Rheuma in der Eifel nicht ausreichend ärztlich versorgt werden konnte und der Ursprungsplan, in der Eifel für immer leben zu wollen somit doch nicht durchführbar war.

Eine Erkenntnis, die einfach zum Umdenken zwang.

Eine befreundete Maklerin hatte allerdings nicht nur das Haus in der Eifel in die Zeitung gesetzt, sondern auch das Haus in dem wir in Bergheim wohnten und so kam es, dass das Haus in Bergheim zu einem guten Preis verkauft werden konnte aber um das Haus in der Eifel sich noch weiter bemüht werden musste.

Es stand also ein Umzug bevor und alle meine schwer erkämpften Bezirkserrungenschaften sollten von einem Tag auf den anderen verloren sein.

Eine verdammt blöde und auch unerwünschte Situation für mich.

Umgebung, Freunde und meine inzwischen liebgewonnenen Gewohnheiten waren alle dahin.

Nun kam es ja darauf an, wo Frauchen und Herrchen für uns ein neues zu Hause finden würde.

Wenn es in der Nähe wäre könnte das ja alles nicht so problematisch sein, denn vier bis fünf und oftmals auch mehr Kilometer lief ich ja ohnehin an jedem Tag.

Frauchen kam auf den Gedanken eine Wohnung zu mieten, da sie so schnell bestimmt keine neue Wohnung, die passen und gefallen würde, als Kaufobjekt ausfindig machen könnten und eine schnelle Entscheidung auch nicht richtig gewesen wäre.

Immobilien gab es in Bergheim genug, aber es sollte ein schönes zuhause sein, das allen gefiel, uns auch.

So wurde es dann auch gemacht.

Wir zogen von Zieverich nach Kenten in eine großräumige ebenerdige Wohnung mit eigenem Garten und in einer sehr schönen Gegend.

Herrchen und Frauchen hatten dabei auch an uns gedacht, denn für Tinka und mich gab es wieder ein großes Gebiet zu erkunden und nach Zieverich, über drei Erftbrücken hinweg in die alte Heimat, war es ja auch nicht sehr weit.

Ich konnte, wenn ich wollte, wieder in man altes Gebiet zurück oder ich fing hier wieder an, mir ein neues Gebiet zu erobern.

Das Letztere tat ich dann und musste feststellen, dass es auch hier jede Menge Konkurrenten gab, wie eben überall.

Aber was soll's, ich war gefestigt, hatte ein schönes zuhause, Tinka war an meiner Seite und ich musste nur, wie auch Tinka, mit einer etwas älteren Dalmatiner Dame, die auch noch bezeichnenderweise Schröder hieß, klar und zurecht kommen, was uns auch nach kurzer Zeit ohne Schwierigkeiten gelang.

Tinka stellte sich schon am zweiten Tag vor das geschlossene Gartentürchen, auf der anderen Seite die bellende Schröder, sah sich das eine kurze Weile an und sprang dann furchterregend fauchend gegen das Tor worauf die Dalmatiner Dame winselnd davon zog.

Das war also geklärt und so wurden es wundervolle Erkundungstage für uns beide.

Angenehm war auch die große abgeschlossene Terrasse, wo Frauchen und Herrchen oft wie in einem zweiten Wohnzimmer saßen und uns bei unseren Spielchen im Garten, die wir natürlich gerne über Tisch und Bänke machten, zusahen.

Mein neues Gebiet war schnell abgesteckt und meine Wanderungen nach Zieverich in mein altes Gebiet wurden immer seltener.

So ging es Tag für Tag und als ich hörte, dass auch das Haus in der Eifel verkauft worden war, dachte ich unaufhörlich an Daisy.

Gibt es sie noch, was ist aus ihr geworden, wohnt sie überhaupt noch da oder ist ihr möglicherweise etwas zugestoßen.

Der Gedanke an Daisy ließ mich einfach nicht mehr los, so dass ich beschloss mir Gedanken über einen Plan zu machen, der die weite Reise in die Eifel ermöglichen sollte.

Der Plan reifte in mir, aber ganz so einfach fiel mir das ja nicht.

Ich konnte Frauchen und Herrchen, die immer gut für mich gesorgt hatten ja nicht so mir nichts dir nichts im Stich lassen.

Gerne hätte ich das wichtige Thema mit ihnen bespro-

Die Dalmatinerdame Schröder

chen, aber das ging ja leider nicht.

Nur Tinka schien etwas zu merken, denn sie beobachtete mich ständig und war auch nach Möglichkeit immer um mich herum.

Es dauerte fast vier lange Monate mit meiner Reiseentscheidung, bis ich eines morgens nach meinem frühen Erkundungsgang zurück kam, denn hier hatten wir eine Katzenklappe die von innen nach außen aber nicht von außen nach innen aufging und ich somit sehr früh heraus konnte.

Eine fette Wühlmaus im Magen hatte mich bereits gesättigt und so legte ich mich auf den Terrassenstuhl und dachte kurzerhand "Morgen geht es los."

Ich hatte mir auf der letzten Fahrt von Gunderath nach Bergheim viele verschiedene ortsbezogene Dinge gemerkt und eingeprägt, die ich nun in meinem Gedächtnis und in meinen Sinnen wieder herauskramen, aktivieren und wenn notwendig auf den neusten Stand bringen musste.

Eine sehr große Hilfe bei der Zielorientierung waren für mich die Motorengeräusche, die auf der Rennstrecke vom Nürburgring verursacht wurden und weit in das Land hinein schallten.

Da wir Katzen ein mindestens zehnmal besseres Gehör haben als ihr Menschen, konnte ich die Geräusche bei der Rückfahrt nach Bergheim, verbunden mit örtlichen Klängen ausgesprochen gut einordnen und in meinem Kopf speichern.

Ich musste jetzt nur im umgekehrten Sinne an die Sache heran gehen und wenn notwendig, Kirchturm-

Am Burgberg in Kenten

glockenklänge oder Bachgeplätscher, unterschiedlicher Straßenlärm und wenn es ganz schwierig werden sollte, mich auf Strahlungen und Kraftfelder berufen oder auch den Stand der Sonne mit meiner inneren Uhr abgleichen und in Einklang bringen.

Es war mir klar, dass ich mir da eine riesige Aufgabe vorgenommen hatte und nur mit Verbissenheit, starkem Willen und viel Glück diese lange Reise überstehen konnte.

Ich wollte es aber so, denn diese süße kleine Daisy, die ich da in der Eifel kennengelernt hatte wollte ich unbedingt wiedersehen, koste es was es wolle.

Ich hatte einfach Sehnsucht nach ihr.

Ihr Menschen macht ja auch schon mal solche kaum zu verstehenden Sachen, die ihr dann Liebe nennt.

Meine morgendliche Mahlzeit hatte ich ja schon eingenommen und saß nun auf der Terrasse und wartete auf Tinka, die noch in der Wohnung mit ihrem Frühstück beschäftigt war.

Herrchen war ich beim Frühstück schon um die Beine gestrichen und hatte mich schon von ihm verabschiedet.

Frauchen war noch in der Küche und als ich hinaus ging schaute ich sie noch einmal liebevoll an und bedankte mich für alles was sie für mich getan hatte.

Tinka saß inzwischen draußen neben mir und schaute mich verständnislos an.

Es war nicht leicht für mich jetzt aufzubrechen aber ich hatte es mir vorgenommen und wollte es auch unbedingt in die Tat umsetzen.

Ich sah mir die zwei Meter hohe Mauer noch einmal genau an, die unsere Terrasse von der Hofeinfahrt trennte und sprang darüber hinweg auf die andere Seite und los ging es.

Auf Wiedersehen dachte ich und wusste nicht, ob ich jemals wieder zurück kommen würde.

Es war eine schöne Zeit hier bei euch und danke noch einmal für alles.

Nun stand ich auf der Straße und musste mich für eine Richtung entscheiden.

Klar war mir dass es nach Süden ging und die Vormittagssonne zeigte mir zunächst einmal den Weg in Richtung Kerpen.

Als wir einmal zu Dr. Schlömer mussten, wollte Frauchen bevor wir nach Hause fuhren kurz bei ihrer Schwester in Kerpen vorbei obwohl Tinka und ich im Auto waren und mit uns nach jedem Arztbesuch meistens direkt nach Hause gefahren wurde, wollte sie trotzdem zuerst nach Kerpen um mit ihrer Schwester etwas zu besprechen.

Den Weg dorthin hatte ich mir gemerkt und so lief ich zielbewusst in die richtige Richtung.

Wie lange ich heute unterwegs sein wollte legte ich nicht fest, es sollte alles ohne Druck und Stress ablaufen und ich musste ja auch auf alles höllisch aufpassen.

Den Weg an der Erft entlang zu laufen war für mich ja noch ziemlich einfach.

Die drei Erftbrücken am Anfang hatte ich problemlos überquert und nach ungefähr fünf Stunden sah ich das

Zwischenziel Kerpen vor meinen Augen und konnte an verschiedenen Geräuschen, die ich mir eingeprägt hatte, erkennen, dass ich Kerpen bald erreicht hatte.

Natürlich schaute ich unterwegs nicht nach rechts und nach links, denn jetzt kam es ja zweckmäßigerweise darauf an, eine geeignete Unterkunft zu finden und was noch wichtiger war, etwas gegen meinen Hunger zu tun.

Ein paar gute Happen unterwegs hatte ich verschmäht, damit ich zuerst einmal ein annehmbares Stück meines Weges schaffen konnte.

Das Wetter war noch gut und so konnte ich in aller Ruhe Ausschau nach einem Quartier für die Nacht halten.

An einer Tennisanlage fand ich einen Holzschuppen mit einigen Geräten für die Tennisplatzaufbereitung und dort in dem Schuppen machte ich natürlich erst einmal eine ausgiebige Pause.

Durch eine kleine Fensterluke konnte ich was draußen geschah, alles sehen und mich zunächst einmal von den Strapazen des ersten Tages genüsslich ausruhen.

Nach 21,00 Uhr war auf dem Tennisplatz nichts mehr los, außer in der Gaststätte, aber die störte mich nicht.

Lange brauchte ich nicht zu warten, da sah ich ein Jungkaninchen quer über den Platz hoppeln, was jetzt für mich genau das Richtige war.

Großartige Jagderfahrung brauchte ich hierfür nicht und ich hatte blitzschnell für meine Abendmahlzeit gesorgt.

Da ich großen Appetit hatte, blieb von dem guten Fang

nicht mehr viel übrig.

Nun brauchte ich nur noch etwas um meinen Durst zu stillen.

Ich zog noch einmal um die Tennisanlage und fand eine Schüssel mit Milch, die sicherlich für eine Kollegin oder einen Kollegen aus der Nachbarschaft gedacht war.

Ich schleckte ohne auf mein Umfeld zu achten die Schüssel leer, putzte meinen Schnauzer und machte mich auf zu meinem Schuppen.

Dort rollte ich mich auf einer Decke, die auf einer Schubkarre lag ein und schlief fest und gut bis zum anderen Morgen.

Wach wurde ich, als die Schuppentüre aufgeschlossen wurde und ein junger Mann im Tennisdress eintrat, um einen Korb Bälle zu holen, die in einem Eimer in der Ecke des Schuppens aufbewahrt waren.

Er bemerkte mich in der Schubkarre nicht und so konnte ich meine Planung für den zweiten Tag in Ruhe in Angriff nehmen.

Meine innere Uhr sagte mir, dass ich so zehn bis zwölf Kilometer zurückgelegt hatte und ein Zehntel der gesamten Strecke bewältigt war.

Herrchen hatte einmal zu Frauchen auf der Fahrt in die Eifel gesagt, dass das Haus in Gunderath ganz genau einhundert und vier Kilometer von dem Haus in Bergheim entfernt sei, was ich mir natürlich direkt in meinem Unterbewusstsein fest einzementierte, um es wenn nötig, irgendwann gebrauchen zu können.

Es waren also noch reichlich viel Kilometer vor mir.

Es fielen mir wieder alle Ratschläge von Mutter ein, die uns Katzenkinder mit so kleinen Sprüchen vollgestopft hatte, damit wir, wenn wir uns einmal verirren sollten trotzdem wieder nach Hause finden würden.

Im Osten geht die Sonne auf, im Süden nimmt sie ihren Lauf, im Westen wird sie unter gehen, im Norden ward sie nie gesehen.

Oder denkt an den Polarstern der immer im Norden steht, oder bei abnehmendem Mond ist eine besondere Reizung in der linken Vorderpfote merkbar, bei zunehmender Mond in der rechten Vorderpfote und noch viele andere Anhaltspunkte.

Ich konnte sie alle jetzt gut gebrauchen.

So zog ich weiter los, machte jeden Tag fast zehn, manchmal auch zwölf Kilometer.

Wenn es irgendwo besonders schön war, blieb ich auch etwas länger, wie zum Beispiel in Bad Münstereifel, wo ich bei einem Milchbauern Unterschlupf fand, der zehn bis zwölf meiner Zeitgenossen beherbergte, alle mit Namen kannte und sich auch noch über einen Gästebesuch, wie ich ja einer war, freuen konnte und den auch noch gut bewirtete.

Es war mal etwas anderes und so machte es mir nichts aus, etwas länger zu bleiben.

Doch der Aufenthalt bei Bauer Sonnenberg kostete mich drei Tage und so wurde es doch langsam Zeit, mich wieder auf meine Pfoten zu machen zumal ich mir vorgenommen hatte, wenn die Pfoten nicht zu stark an zu qualmen fangen und die Umwege sich in Grenzen hielten, in so ungefähr zwölf bis vierzehn Tagen am Ziel meiner Träume zu sein.

Plötzlich fiel mir ein, oh je, was mache ich denn, wenn Daisy von mir gar nichts wissen will.

Ob sie möglicherweise inzwischen zu einem anderen Kater gehört, Katzenkinder hat und ich mir hier die Pfoten umsonst heiß laufe.

Irgendwie erschütterte mich der Gedanke und es kamen in mir große Zweifel auf, ob das alles so richtig war, was ich da angefangen hatte.

Herrchen und Frauchen verlassen, Tinka ohne zu informieren im Stich gelassen und mein schönes, sicheres und geliebtes zuhause einfach aufgegeben.

Doch dann sah ich wieder Daisy vor mir, diese bezaubernd schöne Engländerin mit ihrem herrlichen Slang beim Miauen, das süße kleine Mäulchen und die Blicke, die sie mir oftmals zuwarf.

Nein, nein, Daisy war noch nicht vergeben und sie würde doch bestimmt auf mich warten.

Vielleicht wären wir uns bei dem nächsten Besuch in der Eifel sowieso näher gekommen.

Oder hatte ich mir das mit Daisy einfach nur alles eingebildet?

Wer konnte denn auch ahnen, dass Frauchen und Herrchen das schöne Haus in der Eifel verkaufen würden.

Alles Fragen ohne Antworten, die plötzlich durch meinen Kopf schossen.

Ich merkte, dass meine Gangart langsamer wurde, nicht mehr die Zielstrebigkeit hatte und eine übergroße Ermüdung mich zum Anhalten und zum Aufgeben zwingen wollte.

Es war ein schrecklicher Augenblick und es war wohl besser, mich nach einem ruhigen Plätzchen für die Nacht umzusehen.

Mein Elan war plötzlich futsch und ich wurde sehr traurig.

Aber nun war es so und es konnte mir keiner mit Unterstützung oder Zuspruch helfen.

Mein Magen knurrte aber das war mir egal und jetzt wollte ich nur schlafen, schlafen, schlafen und den kommenden Morgen abwarten, in der Hoffnung, dass dann meine Stimmung wieder besser aussehen würde.

In dieser Nacht träumte ich von den ganzen Ortschaften, die noch vor mir lagen und die ich noch durchlaufen musste.

Nettersheim, Blankenheim, Müllenbach, Dahlem sowie Kelberg und schließlich dann Gunderath.

Die Ortsnamen kannte ich alle nicht, aber ich hatte aufgepasst als Herrchen auf einer Fahrt in die Eifel zu Frauchen einmal gesagt hatte, schreib dir doch bitte mal alle Orte auf, die wir durchfahren, damit wir, wenn uns einer in der Eifel besuchen kommt, genau sagen können, welche Strecken wir schon abgefahren haben und welche er nach unsere Meinung am besten nehmen könnte und welche Strecke am schönsten ist.

So etwas merkt man sich und selbst im Traum kommen einem die genauen Erinnerungen.

Mit einem Schütteln und einem Satz vor Freude wurde ich wach.

Der Wind strich recht kühl durch mein zerzaustes Fell und ich hielt sofort Ausschau nach einem kräftigen

Frühstück.

Ich wollte also weiter und so machte ich mich wieder auf die Pfoten um meinem Ziel endlich näher zu kommen.

Ich kam gut voran.

Mal musste ich einem Wildschwein im Wald ausweichen, auch so ein Tier, was ich vorher noch nie gesehen hatte.

Doch mit Blacky hatte ich zu Hause schon einmal über eine solche Reise gesprochen und Blacky meinte damals, dass das überhaupt nicht einfach ist und dass ich auf alle möglichen Tiere achten müsste, wie Füchse, Rehe, Wildschweine und vor allen Dingen, streunende Hunde.

Ich dachte mir nicht allzu viel dabei, als er mir das erzählte doch inzwischen muss ich sagen, dass das was er erzählT hatte noch sehr harmlos war, denn in Wirklichkeit kommen noch die gefährlichen Autos dazu, die auf Katzen überhaupt keine Rücksicht nehmen, ja sogar einige Rüpel gezielt auf einen drauf halten.

Gegen Mittag fing es fürchterlich an zu regnen.

Schutz suchen vor der Nässe war für mich überhaupt kein Problem.

Überall gab es eine Unterstellmöglichkeit, doch ich kam ja so aber nicht weiter.

Ich entschied mich trotzdem weiter zu laufen und eben nass zu werden.

Ausgerechnet jetzt musste ich über einen kleinen Fluss, wie er hieß wusste ich nicht aber er zwang mich zu einem Umweg, der mir nun gar nicht passte.

Mehrmals musste ich Straßen überqueren und mehrmals sprang ich im letzten Augenblick vor diesen rasenden Kisten mit ihren großen Rädern, kurz vor einem Crash davon.

Wenn mich so ein Auto einmal erwischen sollte, wäre meine Reise in die Eifel direkt zu Ende.

Bisher hatte ich ja Glück und mit diesem Gedanken wollte ich jetzt erst einmal einen Ort finden, wo ich mich trocknen, mein nasses Fell säubern und glätten konnte und möglichst noch etwas zu fressen finden würde und dann mir auch eine Mütze voll Schlaf gönnen.

Eine kleine Hütte auf einer matschigen Wiese bot sich mir an und ich musste nur noch über einen kleinen Bach springen, um die Hütte zu erreichen.

Vor meinem Absprung über den Bach sah ich einen mittelgroßen Fisch vor mir im Wasser, den ich mir direkt packte, kurz Anbiss und mit in den Unterschlupf nahm.

Für mein leibliches Wohl war also gesorgt, nur mit meinem Seelenfrieden war ich noch nicht ganz zufrieden.

Aber was soll's, alles war o.k. und so konnte ich, nach dem ich trocken war, doch recht gut schlafen.

Gerne dachte ich vor dem Einschlafen an die schöne Zeit auf Herrchens Schoß zurück, wo ich mich gemütlich einrollen konnte, rundum zufrieden war und von Herrchen beschützt tief und fest einschlafen konnte.

Ich wollte es ja unbedingt anders haben und weil ich

nach dem ich wieder auf den Beinen war meine Gedanken an Daisy mich voll im Griff hatten, trottete ich müde und abgeschlafft einfach weiter.

So ging es nun Tag für Tag und ich hoffte bald meinem Ziel etwas näher gekommen zu sein.

Ich war jetzt schon vierzehn Tage unterwegs und meine Kraft ließ langsam nach.

Dummerweise war ich zwischen Müllenbach und Kelberg immer wieder durch irgend etwas aufgehalten worden.

Mal war es ein Rudel Hunde vor denen ich flüchten musste und mal zwang mich die kurvenreiche Straßenführung mit ständigem Lastkraftwagenverkehr zu Umwegen, die so nicht gewollt und eingeplant waren und die mich letztendlich auch nicht näher zu Daisy brachten.

Dann aber passierte es.

Auf der Straße nach Gunderath, in dem Waldstück mit den Panzersperren aus dem zweiten Weltkrieg, so stand es jedenfalls auf den Informationsschildern und so sprachen die Wanderer, die sich das alles aus dem zweiten Weltkrieg ansahen und darüber diskutierten, erwischte mich beim Überqueren der Straße ein holländisches Auto mit seinem rechten Kotflügel an meinen Hinterläufen.

Der Aufprall war fürchterlich.

Ich flog ungefähr zehn Meter durch die Luft, landete in einem tiefen Graben auf der anderen Seite der Straße und konnte mich nicht mehr bewegen.

Der Fahrer des Wagens hatte offenbar nichts gemerkt

und wäre vermutlich sowieso weiter gefahren.

Nun lag ich da, konnte meine Hinterläufe nicht mehr bewegen und wusste einfach nicht was ich machen sollte.

Die Schockstarre hatte mich nicht befallen, so dass ich im Augenblick nur meine höllischen Schmerzen spürte.

Ich schaute an mir herunter, konnte aber so direkt keine offenen Wunden feststellen und versuchte mich nur mit den Vorderläufen in eine bessere und sicherere Position zu ziehen.

So arbeitete ich mich langsam vor, um unter einen Dornenbusch zu kommen und blieb dort zunächst einmal regungslos liegen.

Nachdem ich den ersten Schreck überwunden hatte, holte ich einmal tief Luft und dachte was war das. Was war mit mir passiert, warum hatte ich nicht aufgepasst.

War es meine Kondition die nachließ oder war es meine Müdigkeit, die mich immer öfter befiel oder waren es die übergroßen Strapazen, die ich auf mich genommen hatte.

Ich war alleine, keiner konnte mir helfen und ich musste auch noch darauf achten, dass mich nicht irgend so ein tollwütiges Tier attackierte, dem ich in diesem Zustand dann hilflos ausgeliefert gewesen wäre.

Aber wir Katzen haben ja einen besonderen Gefahrensinn und es wird ja nicht umsonst gesagt, dass wir sieben Leben haben und immer wieder aus der Misere in der wir stecken oder uns hinein manövriert haben, heraus finden würden.

Der Hof von Bauer Sonnenberg

Das alles half mir jetzt aber nicht.

Meine Schmerzen wurden immer größer und ich musste einen Weg finden um nicht kurz vor meinem Ziel aufgeben zu müssen und in irgend einem Waldstück kurz vor Gunderath zu verenden.

Ich sah mich um und stellte fest, dass ich in einem eingezäunten Bereich lag, also auf einer Wiese oder einem Feld, das sicherlich einem hier wohnenden Bauern gehörte.

Nach dem ich mich auf meinen Vorderläufen aufgerichtet hatte, konnte ich in unmittelbarer Nähe Pferde sehen, wovon einige sich auf eine Pferdekoppel zubewegten.

Das war für mich der richtige Ort, wo ich bestimmt eine trockene Ecke finden würde um mich dort zunächst einmal aufhalten und ausruhen konnte.

Ich kroch also langsam über die Wiese hin zu dieser Koppel und war froh aber auch restlos fertig, als ich sie erreicht hatte.

Es war ein großes Gebäude mit Pferdeboxen, wo eine größere Anzahl von Pferden untergebracht waren.

Hinter einigen Ballen Stroh fand ich eine annehmbare Ecke wo ich hin kroch und mit schmerzverzerrter Mine total entkräftet und ermattet einschlief.

Plötzlich wurde ein Strohballen vor mir weggezogen und ich schaute in ein verdutztes Gesicht von einem Jungbauern.

Offenbar hatte ich im Schlaf schmerzhafte Laute von mir gegeben denn der junge Bauer hatte mein Jammern vermutlich gehört und sofort erkannt, dass mit mir et-

Mein warmes Plätzchen

was nicht stimmte.

Behutsam versuchte er mich anzuheben um Genaueres erkennen zu können.

Mein schmerzhaftes Miauen erschreckte ihn etwas, so dass er mich sofort wieder hinlegte.

Er verließ daraufhin die Koppel und kam nach kurzer Zeit mit einem fürchterlich knarrenden Traktor wieder zurück.

Er legte mich in dem Traktor in den Fußraum und fuhr mit mir langsam über ein paar Feldwege zu seinem Gutshof.

Er brachte mich in´s Haus, legte mich neben dem Steinofen auf eine weiche Decke und fragte seine hereinkommende Frau, "Anna was soll ich nun mit dem kleinen Kerl machen, er lag auf der Pferdekoppel und ist bestimmt sehr schwer verletzt."

Sie antwortet, "Franz übermorgen kommt Dr. Sommerfeld wegen unserer Kuh Lisa und dann kann er direkt auch mal nach diesem kleinen Stromer sehen."

Sie stellte mir an meinen Platz am Ofen einen Fressnapf mit Katzenfutter und einer Schale Milch hin und schaute mich mitleidvoll an.

Was mag dieser kleine Bursche schon alles hinter sich haben dachte sie und verließ nachdenklich den Raum.

Nun lag ich da, bei einer fremden Familie, konnte mich nicht mehr bewegen und hatte ein Ziel vor Augen, das ich so in diesem Zustand nicht mehr erreichen konnte.

Alle meine Gedanken an Daisy, mein Vorsatz sie wieder zu sehen, die lange Reise bis kurz vor Gunderath und die ganzen Strapazen und das Unheil jetzt.

Zu meinen starken Schmerzen gesellten sich jetzt auch noch traurige Gedanken, eine verdammt teuflische Situation.

Zwei Tage später kam Dr. Sommerfeld, versorgte Lisa im Stall, die Blähungen hatte, und sah dann nach mir.

Als er mich sah, runzelte er die Stirn und meinte zu Franz, "Das hier scheint etwas Ernstes zu sein und ich kann ihn hier nicht behandeln, ich muss ihn mit in die Praxis nach Kelberg nehmen."

Franz nickte und so wurde ich behutsam in Dr. Sommerfeld´s Wagen geladen und zurück nach Kelberg gebracht.

Als wir an der Stelle vorbei kamen, wo dieser Unfall passiert war, lief ein kalter Schauer über meinen Rücken.

Hier war also die Stelle, wo alles zu Ende sein sollte, hier ging mein Traum zu Ende und hier, weit von zu Hause, wird vermutlich die letzte Station meines Katzenlebens sein.

Noch lebte ich, spürte zwar meine Hinterbeine nicht mehr, konnte sie aber nur unter großer Anstrengung und unter übergroßen Schmerzen bewegen.

In der Praxis von Dr. Sommerfeld wurde ich erst einmal geröntgt um festzustellen, ob etwas gebrochen ist.

Nach Anschauung der Röntgenaufnahmen war klar, ich hatte einen Beckenanriss und starke Prellungen an den Hinterläufen, die nur mit Schmerzmittel behandelt werden konnten.

Was sollte jetzt geschehen?

Musste ich bei Dr. Sommerfeld bleiben, wie stark war

meine Verletzung, würde ich wieder auf die Beine kommen und wie lange würde das dauern?

Franz meldete sich am Nachmittag bei Dr. Sommerfeld und erkundigte sich nach meinem Gesundheitszustand und nach meinem Befinden.

Ich hörte wie Dr. Sommerfeld zu Franz sagte:"Du kannst den Stromer wieder abholen, aber er muss mindestens sechs Wochen im Hause bleiben und muss die Medikamente, die ich dir mitgebe, zunächst täglich einnehmen.

Nach einer Woche setzt du die Therapie ab und lässt ihn im Hause herumlaufen um zu sehen, wie er sich verhält.

Wenn er wieder zu humpeln anfängt, musst du ihm wie am Anfang je morgens und abends eine Tablette geben bis er sich wieder normal bewegt, dann kannst du die Tabletten wieder abzusetzen.

Das machst du so lange, bis er wieder und das ohne Schmerzen normal herumlaufen kann.

Es wird aber recht langwierig sein und mindestens sechs bis acht Wochen dauern.

Der Beckenanriss schmerzt anfangs sehr stark aber er muss trotzdem in Bewegung bleiben.

Lässt die Wirkung der Tabletten nach, musst du sie ihm wieder geben, damit er sich weiterhin bewegen kann, so lange bis wieder alles o.k. ist."

Der kleine Kerl hat sehr viel mitgemacht und er wird auch zukünftig noch mit Schmerzen leben müssen.

Franz holte mich noch am gleichen Abend bei Dr. Sommerfeld ab und brachte mich wieder zurück auf den Gutshof.

Äußerlich war nach der Behandlung an mir nichts zu sehen, keine Bandage, kein Verband, nichts.

Darum fragte Anna direkt was los sei und Franz erklärte ihr den gesamten Sachverhalt.

Anna nickte, nahm mich aus den Armen von Franz und legte mich wieder auf die warme Decke am Kachelofen.

Zwei Katzen, die zum Hof gehörten und meistens draußen waren, strichen auf einmal um mich herum, begutachteten mich, rochen an meinen von der alten Ofenbank herunterhängenden schlaffen Hinterläufen und ließen mich aber dann auch wieder in Ruhe.

Sie merkten sofort, dass ich etwas hatte und verhielten sich natürlich dementsprechend zurückhaltend.

Hauptsächlich hielten sich die beiden ja draußen auf, wollten aber offensichtlich wissen, wer hier im Hause aufgenommen worden war und außerdem noch versorgt und verpflegt wurde.

Eine routinemäßige Maßnahme, die alle Katzen wenn es um ihren Lebensraum geht, direkt und unaufschiebbar durchführen.

Das war also erledigt, hier hatte ich so gut wie nichts zu befürchten.

Franz gab mir die Tablette die ich verschrieben bekommen hatte kleingehackt in meinem Futter, so dass ich sie nicht merkte und meine Schmerzen wurden tatsächlich von Tag zu Tag weniger und erträglicher, so dass ich langsam wieder Mut schöpfte.

Nach vier Tagen stand ich als Anna herein kam auf

allen vier Pfoten.

Ich hatte nachts schon ein paar Versuche gemacht und festgestellt, dass ich, wenn ich nichts Außergewöhnliches machte, schon wieder ganz gut stehen konnte.

Die Schmerzen waren so gut wie weg und nur mein Gefühl, die Dinge nicht total zu übertreiben hielt mich davon ab zu schnelle Bewegungen zu machen oder ein paar Sprünge zu riskieren.

Ich war froh, dass es ja einigermaßen ging und als Franz merkte, dass ich nicht übermütig war, ließ er mich hinaus.

Nun sah ich den schönen, riesigen Gutshof zum ersten Mal richtig.

Ein mächtiges Areal mit großem Herrenhaus, Getreidesilo, Stallungen für Pferde und Kühe, Treibhaus, Geräteschuppen, Koppeln und dazu riesige Felder rundherum.

Der ganze Gebäudekomplex war von Pappeln umgeben, die dem Ganzen einen friedlichen Eindruck verliehen.

Hier konnte man sich wohlfühlen und es gab viel zu entdecken.

Ich ging langsam über den Hof und schaute mich erst einmal überall um.

In den Stallungen waren Tiere die ich nicht kannte, große und kleine Tiere, die ich vorsichtig umschlich und als ich merkte, dass sie alle an mir nicht interessiert waren, konnte ich meinen etwas geduckten Gang aufgeben.

Nur die Hühner auf dem Hof flatterten davon als sie

mich sahen, aber das kannte ich schon von zu Hause in Bergheim bei dem Bauern hinter dem großen Maisfeld.

Auf meinem Rundgang traf ich auch die beiden Kollegen, die mich schon im Haus beschnüffelt hatten und sah sie im Stall bei den Pferden, wo sie sich im Stroh mit leichten Griffen eine Maus nach der anderen fingen.

Tolles Schlaraffenland dachte ich, aber mir ging es nur darum wieder Gesund zu werden und möglicherweise doch noch meinen Plan zu verwirklichen.

Inzwischen waren schon fast drei Monate vergangen und Franz gab mir seit einiger Zeit keine Tabletten mehr, trotzdem hatte ich hier und da nur noch geringe Schmerzen, besonders wenn ich zu hohe Sprünge machte.

Ich fühlte mich aber dennoch schon wieder recht wohl und meine Unternehmungslust konnte ich kaum bändigen.

Immerhin waren es von dem Gehöft von Franz noch geschätzte vier Kilometer bis zum Center Park, wo Daisy zu Hause war.

Eigentlich keine große Nummer für mich, aber ich wollte mich erst noch ein paar Tage nach der langen Reise und nach dem vermaledeiten Unfall erholen.

Daisy sollte ich doch in einem gesunden und vernünftigen Zustand wiedersehen.

Dann war es endlich so weit, ich strich Anna und Franz noch einmal um die Beine, machte noch einen ausführlichen Rundgang über den Hof und machte mich auf den Weg zu unserem ehemaligen schönen Haus in

Gunderath.

Über ein Waldstück sowie einige Felder und Wiesen kam ich zu der Anhöhe, wo es hinauf zu den Häusern ging, die mir noch alle gut in Erinnerung waren.

Auf dem letzten Stück vor der recht großen Waldlichtung kam mir Carlos entgegen, der mich zwar ansah, aber keine all zu große Notiz von mir nahm.

Wer weiß was er vor hatte und welchem Gedanken er nach ging.

Es war mir egal, ich wollte jetzt nur noch zu Daisy.

Ich war ja jetzt schon fast sechs Monate von meinem zuhause in Bergheim weg und wollte nun auch endlich den Grund sehen, weshalb ich diese Strapazen auf mich genommen hatte.

Als ich oben auf der Anhöhe ankam sah ich, dass ziemlich viel los war im Center Park.

Meistens liefen dann hier auch mehr Hunde herum als sonst.

Nicht alle Menschen nahmen ihre Vierbeiner an die Leine und wenn ein Hund frei herumlief, musste ich immer besonders aufpassen, denn man wusste nie ob sie einen angreifen wollten oder nicht.

Nur Tinka nicht.

Als wir einmal ein verlängertes Wochenende mit Frauchen und Herrchen hier in der Eifel machten, saß Tinka eines morgens mitten auf der Straße und Frau Krämer kam mit ihrem Schäferhund, der ohne Leine ging und eigentlich auf das Wort von Frau Krämer hörte, ihr entgegen.

Bello rannte sofort auf Tinka zu, die aber einfach

mitten auf der Straße sitzen blieb und offenbar nicht an eine Flucht dachte.

Drei Meter vor Tinka bremste Bello verdutzt, er verstand nicht, warum Tinka nicht Reißaus genommen hatte.

Tinka richtete sich auf, machte einen großen Buckel, stellte sich quer zu Bello, zischte Bello laut einige böse Töne entgegen und ging, was mich besonders erstaunte, auf Bello zu.

Frau Krämer schrie schon fast hysterisch: "Bello komm sofort zurück" und Bello schien auf das Kommando gehofft zu haben, denn er drehte ab und begab sich schwanzwedelnd in den Schutzbereich von Frau Krämer.

Tolle Tinka dachte ich, sie war eben etwas Besonderes.

Nun bog ich vom Hauptweg nach links in die Straße "Am Kurberg" ein und in Haus sechs hatten wir früher unser zuhause und logischerweise auch immer gewohnt.

Da das Haus hinten am Waldrand lag, trottete ich sehr langsam, damit ich auch alles was hier passierte mitbekam, auf unser ehemaliges Haus zu.

Es war inzwischen einiges anders gemacht worden.

Was mir besonders auffiel, es war nicht mehr so gepflegt wie es bei uns war.

Im Garten war eine Schaukel aufgebaut und es lagen viele Spielsachen herum.

Ich schlich um das gesamte Haus herum, versuchte an einigen Bäumen und Sträuchern noch ein paar Duftmarken von mir zu erkennen und war total enttäuscht, dass von mir nichts mehr übrig geblieben war.

Mein Katzenloch in der dicken Garagenwand war noch immer vorhanden, allerdings von innen mit einer Brettabdeckung verschlossen.

Ich setzte mich auf die Terrasse, schaute mir alles in Ruhe an und dachte hier muss doch bald etwas geschehen.

Nichts passierte, hier war anscheinend keiner zuhause, was mir allerdings völlig egal war.

Meine Anwesenheit hier galt ja ohnehin nicht dem Haus, sondern Daisy, die ja oben bei Katinka wohnte.

Ich ging über die Straße, den Hang hinauf und war auf dem Grundstück von Katinka.

Mein erster Gang war um das Haus herum, an Ronnys Zwinger vorbei, der als er mich sah, direkt wie verrückt bellte und wegen mir den Zwinger vermutlich abreißen wollte.

Aber von Benny, Daisy oder dem kleinen Dackel war einfach nichts zu sehen.

Ich stellte nur fest, dass es hier überaus vernachlässigt aussah.

Der Vorgarten war umgegraben worden.

Überall lagen irgendwelche Reste herum, Säcke, Holz und Grasbüschel.

An der Seite zu Frau Krämer war eine eigenartige Holzwand aus verschiedenen Brettern aufgebaut.

Die Haustüre, die nach hinten sonst immer offen stand war verschlossen und von Katinka oder Daisy keine Spur.

Was war hier los, was war hier geschehen.

Hatte sich in meiner Abwesenheit denn hier alles verändert.

Katinka neigte zwar zur Schlamperei, aber so schlimm hatte es vorher hier nicht ausgesehen.

Nur wo war Katinka und wo war Daisy?

Ich wartete den ganzen Tag, fraß aus dem Napf der hinter dem Haus stand die letzten Reste und schlief auf der Fußmatte vor dem Haus von Katinka ein.

So gegen Abend fuhr ein Auto in die Einfahrt und als die Türe aufging sprang zuerst der kleine Dackel heraus.

Katinka kam mit ein paar Plastiktüten beladen um das Haus herum, sah mich auf der Fußmatte und rief freudig: "Flori wo kommst du denn her".

Sie nahm mich auf den Arm und streichelte mich liebevoll.

Katinka war ja Animalistin und hatte somit zu allen Tieren ein gutes Verhältnis.

Nur ich mochte Katinka nicht besonders gut, ließ mich aber streicheln und verhielt mich ruhig auf ihrem Arm.

Sie setzte mich wieder auf den Boden und sagte: "Du suchst sicher Daisy, die ist aber nicht mehr hier, die ist wieder in England."

Es traf mich regelrecht hammerartig.

Oh je, mit so etwas konnte keiner rechnen.

Daisy nicht mehr da, in England, ausgerechnet in England, da würde ich ja nie hinkommen.

Katinka merkte, dass ich wie angewurzelt da saß und mich nicht mehr rühren konnte.

"Ach du armer Kerl" sagte sie und begriff plötzlich, dass ich die weite Reise wegen Daysi angetreten hatte.

"Als oben im Center Park ein paar Engländer im Frühjahr Urlaub gemacht haben, sahen sie bei einem Spaziergang Daisy und wollten sie direkt haben" sagte sie und schaute mich dabei etwas traurig an.

"Nun ist sie wieder in England und die Leute haben mir von ihr ein paar Fotos geschickt, woraus ich erkennen kann, dass es ihr gut geht."

Na wie toll, was nützte mir das.

Meine Reise war umsonst, ich hatte fast mein Leben verloren, war nun schon beinahe sechs Monate von zuhause weg, hatte sicher Sorge und Ungewissheit verbreitet und jetzt so etwas.

Ich hätte Katinka kratzen und beißen können.

Diese blöde Kuh, typisch Katinka, Animalistin und trotzdem kein Gefühl für Tiere.

Ich dachte an Herrchen und Frauchen, an Tinka und meine Freunde die ich ohne etwas zu sagen zurück gelassen hatte.

Es war einfach unendlich dumm.

Jetzt befiel mich plötzlich ein Katzenjammer, das was man unter Katzenjammer versteht, so richtig schaurig und schlimm.

Ich wendete mich von Katinka ab, schaute noch einmal zu Ronny, der aber erstaunlich still war, als ob er mein Leid spüren würde.

Ohne mich noch einmal umzudrehen, trottete ich zur Straße und entschied mich spontan, noch heute meine Rückreise aus der Eifel nach Bergheim anzutreten.

Es ging auf den Abend zu, aber das machte mir nichts aus, denn nachts sind bekanntlich alle Katzen grau und das heißt, ausgesprochen schwer auszumachen, kaum zu erkennen und dadurch zwangsläufig sicherer.

Den Weg kannte ich ja, musste nur hier und da meinen Kontrollsinn einsetzen und notfalls den Blick zu den Sternen richten, die klar und deutlich zu sehen waren.

Nun kam ich zwangsläufig an der Stelle vorbei, an der ich fast mein Leben verloren hatte und nur durch das hilfreiche Einschreiten von Franz noch einmal gerettet werden konnte.

Ich fand den Platz wo ich vier Stunden verletzt gelegen hatte, markierte den Dornenbusch als Dank für meine Rettung und ging ohne mich noch einmal umzusehen in Richtung Heimat.

Weit von hier aus nach Kelberg war es ja nicht mehr und ich hatte vor, dort irgendwo zu übernachten.

Nun laufen ja nachts Tiere durch den Wald, die man am Tag nicht zu Gesicht bekommt.

Durch meine Unvoreingenommenheit fiel es mir natürlich leichter damit umzugehen, aber ich musste trotzdem höllisch aufpassen, da ich ja so viele Waldtiere auch nicht kannte und eine mögliche Gefahr so schnell nicht erkennen und auch nicht wittern konnte.

Hauptsächlich hatte ich Bammel vor einem Fuchs, einem Wildschwein oder einem Dachs.

Alles andere sah ich als Kleintiere an.

Aber dafür war ich aufgrund der guten Pflege bei Anna und Franz wieder rundum fit und schnell auf den Beinen.

Was sollte mir schon groß passieren dachte ich und verdrängte einfach meine schwere und lebensbedrohliche Verletzung.

Nun, ich suchte ein Nachtlager und fand direkt an der Straße eine Kiste mit Streusand für glatte Straßen im Winter, kletterte hinein und schlief bis zum frühen Morgen.

Ich machte mich sehr früh auf den Weg doch mein Hungergefühl trieb mich von dem geraden Weg etwas ab, zunächst auf eine Wiese und dann auf ein Feld um mir mein Frühstück zu besorgen.

Lange brauchte ich nicht, denn vor einem Mauseloch auf der Lauer zu liegen hatte ich keine Zeit und wollte ich auch nicht und so packte ich mir einfach in freier Wildbahn ein Kaninchen.

Ganz konnte ich es ja nicht fressen, denn das wäre zu viel gewesen und hätte mich an meinem weiteren Marsch in Richtung Heimat erschwerend gehindert.

Darum war es schon gut, dass zwei offenbar freilebende aber nicht gut ernährte Kollegen mich genau beobachteten und nach meinem Weiterziehen sich sofort über die Reste des Happens hermachten.

Nun konnte ich gesättigt und trotzdem fit und leistungsfähig weiterziehen.

Nach insgesamt fünf harten Tagen und davon zwei Nachtmärschen lag schon das Bliesheimer Kreuz vor mir und ich konnte schon die Heimat riechen.

All zu viele Umwege konnte ich demnach nicht gemacht haben und es kam in mir schon ein wenig Stolz auf, eine nicht so ganz einfache Sache gemeistert zu haben.

Verlaufen konnte ich mich jetzt so gut wie nicht mehr und meine mir eingeprägte Streckenkarte hatte sich ziemlich genau und zuverlässig bewährt.

Meine Sinne hatten gut funktioniert, die Südrichtung oder auch auf dem Rückweg die Nordrichtung hatte ich als Hilfsmittel genutzt, die tägliche Sonnenbewegung sowie die Erdbewegung um die Sonne rundete alles ab und mein Geräuschemerken war und das konnte ich ja jetzt schon sagen, perfekt und zuverlässig gewesen.

Was für eine verrückte Tat.

Wäre ich nicht angefahren worden, hätte die ganze Aktion nicht dreiviertel Jahre dauern müssen.

So war ich verdammt lange von zuhause weg und ich wusste natürlich nicht, ob noch alles so war, wie ich es verlassen hatte.

Meine Pfoten qualmten und ich war froh das Ziel vor Augen zu haben.

Es waren in dieser Zeit ja immerhin weit über zweihundert Kilometer, die ich gelaufen war und ich war ja auch noch nicht da.

Wie oft habe ich auf meinem Trip in die Eifel auf das völlige entspannt sein auf Herrchen´s Schoß gedacht.

In der gesamten Zeit, die ich unterwegs war, kannte ich ja nur den Halbschlaf oder den Halbwachschlaf.

Richtige Ruhe hatte ich leider ja nur gelegentlich.

So etwas geht ganz schön an die Substanz und natürlich auch an die Nerven.

Mein Körper hatte bis auf die Auswirkungen des Unfalls alles gut überstanden.

Nun lag nur noch Erftstadt, Kerpen und der Ortsrand von Bergheim vor mir, dann war ich endlich wieder zu Hause.

Es war genau der 21. August 2014, als ich wieder zuhause in der Max-Born-Straße ankam.

Ich setzte mich vor die Haustüre und wunderte mich, dass Blacky und Möhrchen, die mich als Erste entdeckten, einen ganz erstaunten und überraschten Eindruck auf mich machten und laut miauten.

Wieso denn Blacky, wieso Möhrchen, wo war dann Schröder, wo war Tinka.

Während ich noch überlegte was hier an der gesamten Sachlage nicht stimmte, ging die Türe auf und Frau Limbach kam heraus um zu sehen, warum es vor dem Haus so laut war.

Wie ich sie sah, fiel mir ein, dass das die Käufer unseres Hauses von damals waren und Frauchen und Herrchen hier gar nicht mehr wohnten.

Frau Limbach nahm mich aber direkt auf den Arm, begrüßte mich freundlich und ging mit mir hinein in die Küche.

Es kam mir natürlich noch alles bekannt vor und als sie mir in der Kühe einen Napf mit Katzenfutter hin stellte, war es als ob ich hier immer noch wohnen würde.

Ich hatte einfach vergessen, dass wir von Zieverich nach Kenten umgezogen waren und ich von dort aus auch meine Reise in die Eifel angetreten hatte.

Was für ein Debakel, so etwas hätte mir nicht passieren dürfen.

Offenbar war mein Orientierungssinn recht stark stra-

Mein ehemaliges zuhause in Zieverich

paziert worden und nicht mehr ganz in Ordnung, sonst wäre dieses Missgeschick mit Sicherheit nicht vorgekommen.

Herr Limbach telefonierte und nur kurze Zeit darauf stand Herrchen mit seinem Auto da.

Als Herrchen mich sah, nahm er mich sofort auf den Arm und sagte:" Flori, mein kleiner Stromer wo warst du so lange."

Ich konnte es ihm ja nicht sagen und war froh, dass ich noch gerne gesehen war.

Er stieg mit mir in sein Auto und wir fuhren nach Hause.

Als wir ankamen, stand Frauchen schon auf der Straße um uns in Empfang zu nehmen.

Sie brachten mich zunächst hinein und ließen mich dann in der Wohnung frei.

Ich lief sofort überall herum, sah wo mein Fressnapf stand und mein Katzenklo war, den ich sofort benutzte.

Stutzig machte mich allerdings, dass Tinka nicht da war.

Es dauerte aber nicht sehr lange, da kam Tinka von einem Rundgang über die Mauer und direkt durch die Katzenklappe in das Haus hinein.

Offenbar hatte sie mich schon von Weitem gewittert und wollte sich so schnell wie möglich von meiner Rückkehr überzeugen.

Dann stand sie vor mir, machte einen schrägen Satz auf mich zu und umkreiste mich als ob sie sagen wollte, so jetzt passe ich besser auf dich auf.

Frauchen ging zum Kühlschrank und holte etwas Gehacktes heraus um es mir in meinen Fressnapf zu legen.

Sofort machte ich mich darüber her.

Mein Geschmack hatte sich nicht verändert, wie lange aber hatte ich so etwas Leckeres nicht mehr bekommen.

Dieses alleine war schon ein Grund dafür, mich wieder nach Hause zu begeben.

Die erste Nacht schlief ich auf meinem Katzenbaum.

Tinka ließ mir den Vortritt auf der oberen Plattform, weil ich mich da genüsslich breit gemacht hatte und sie mir das als Belohnung für meine Rückkehr gönnen wollte.

Fast hätte ich mein Frühstück verschlafen, weil ich jetzt erst merkte, dass mir die lange Reise und die lange Abwesenheit von zuhause doch erheblich zugesetzt hatte.

Am anderen Tag beim lange nicht mehr praktizierten Rundgang gelang mir der erste Sprung mit Anlauf auf die Terrassenbegrenzungsmauer, die ja immerhin zwei Meter hoch war leider nicht, was sonst für mich eine der leichtesten Übungen war.

Ich rutschte ganz einfach an den Mauersteinen ab und landete wieder auf der Terrasse.

Bei der Drehung um auf den Vorderläufen zu landen, musste ich wohl zu abrupt gewesen sein, denn mein Beckenanriss machte sich daraufhin mit großen Schmerzen bemerkbar.

Herrchen hatte das mitbekommen und verzog etwas die

Stirn.

Man konnte förmlich sehen, wie es in ihm arbeitet.

Hatte Flori sich etwas zugezogen, ist er möglicherweise verletzt worden oder hat er sonstige Beschwerden.

Sie konnten ja nicht wissen, was mir passiert war und so landete ich zwei Tage später wieder einmal auf dem Operationstisch von Dr. Schlömer.

Da Dr. Schlömer mich nicht röntgte sondern nur untersuchte, mir allerdings beim Abfühlen meines strapazierten Körpers ganz schön weh tat, wurde trotzdem glücklicherweise mein Beckenanriss nicht bemerkt.

Mein Missgeschick von meinem Trip musste ja nicht unbedingt an die große Glocke gehängt werden und so war ich schon recht froh, dass ich nur eine Aufbauspritze bekam.

Tinka, die wegen ihren Zahnproblemen mit zu Dr. Schlömer musste und wartend in ihrem Katzenkorb alles mit ansehen konnte, schien etwas zu ahnen, denn sie hatte schon zuhause gemerkt, dass ich längst nicht mehr so draufgängerisch war und mich auch etwas vorsichtiger bewegte.

So ging eigentlich alles noch recht human ab und mein Unfall blieb somit weiterhin mein Geheimnis.

Nach einer Woche hatte ich alles so wieder im Griff, wie ich es mir in kühnen Träumen vorgestellt hatte.

Meine Markierungsrundgänge wurden wieder zur Tagesordnung und meine hart geführten aber notwendigen Auseinandersetzungen mit den mir bekannten üblichen Kollegen fanden auch wieder statt.

Nur Tinka verhielt sich ein wenig zurückhaltender, offenbar war sie doch sehr gekränkt, dass ich mich so lange von ihr entfernt hatte.

Die Tage, die Wochen, die Monate vergingen und mein Leben hatte wieder den normalen Rhythmus angenommen, nur meine täglichen Gänge durchs Revier wurden kürzer und beschwerlicher.

Die Abende auf Herrchens Schoß hatte ich schon verdoppelt und die Streicheleinheiten die damit verbunden waren halfen mir über manches Wehwehchen hinweg.

Wie lange ich jetzt schon bei Frauchen und Herrchen war wusste ich nicht so genau, denn als mich Tinka mitnahm, war ich zwar noch sehr jung aber bestimmt schon ein bis zwei Jahre alt.

Tinka war auf jeden Fall ein paar Jahre älter als ich und man konnte bei ihr merken, dass sie meistens den bequemen Weg suchte und sich nicht mehr besonders anstrengen wollte.

Meine Aktivitäten ließen auch erheblich nach und ich hatte immer mehr mit meinem starken Durst zu kämpfen.

Ständig wollte ich trinken.

Meine Mahlzeiten verschmähte ich oft und mein Appetit ließ immer mehr zu Wünschen übrig.

Alle die leckeren Sachen die Frauchen mir hinstellte ließen mich kalt.

Frauchen merkte das natürlich zuerst, weil sie mir ja hauptsächlich mein Futter gab und deshalb sprach sie mit Herrchen am Abend über meinen Zustand.

Zwangsläufig fuhren wir direkt wieder zu Dr. Schlömer, der meine Nieren untersuchte und dann auf der Waage feststellte, dass ich im Vergleich zu meinem letzten Besuch bei ihm, fast ein Kilo Gewicht verloren hatte.

Er drückte mir mein Mäulchen auf und roch meinen Atem, verzog dabei etwas das Gesicht und meinte zu Herrchen ob ich auch weniger Appetit hätte und weniger fressen würde.

Frauchen antwortete mit ja und so stellte er die Diagnose, dass ich große Nierenprobleme hätte und das diese Krankheit viele Katzen befallen würde.

Er gab Herrchen ein Medikament mit, das er mir unter das Futter mischen sollte und wollte so probieren, ob er mir damit helfen konnte.

Ich machte mir so meine Gedanken, hatte ich denn tatsächlich bei meiner Reise in die Eifel zu wenig getrunken.

Klar, es gab nicht immer wenn ich durstig war direkt einen Wasserlauf oder einen Teich.

Natürlich hatte ich nicht immer auf meine Gesundheit achten können und es war auch klar, dass ich oftmals in den Schlaf gefallen bin ohne satt geworden zu sein oder überhaupt etwas zwischen den Zähnen gehabt zu haben.

Trotzdem wunderte ich mich, dass ich so schnell abbaute und die Bewegungen einfach nicht besser und somit schmerzloser wurden.

Es musste mich schon ganz schön erwischt haben, denn meistens rollte ich mich unten am Fußsockel von unserem Katzenbaum ein, damit ich meine Ruhe hatte und so schnell keiner an mich heran kam.

Tinka versuchte auch nicht mehr mich zu irgend einer Aktion zu motivieren, machte lediglich ein zwei Runden um mich herum und trottete dann unruhig davon.

Es hatte mich doch recht stark erwischt, ob ich es glauben wollte oder nicht.

Zu der Nierenunterfunktion die Dr. Schlömer bei mir festgestellt hatte, kam jetzt auch noch eine Dünndarmschleimhautentzündung dazu mit schrecklichem Durchfall.

Herrchen hatte mit Dr. Schlömer telefoniert und diese Diagnose aufgrund der Schilderung meines Krankheitsbildes von ihm bekommen.

Nun ging ja bald gar nichts mehr.

Ich selbst hatte ja auch das Gefühl, dass mit mir nicht mehr viel los war und ich mit mir ja auch nicht mehr viel anfangen konnte.

Dennoch glaubte ich fest daran, dass ich noch einmal auf die Pfoten kommen würde.

Doch das war leider ein Trugschluss.

Herrchen nahm mich jetzt öfter auf den Arm und streichelte mich liebevoll so, als ob er sich von mir verabschieden wollte.

Ich war schwach geworden und ich konnte mich so gut wie nicht mehr oder nur kaum noch nach draußen begeben.

Es reichte meist nur noch für einen kleinen Rundgang.

Selbst Tinka blieb meistens drinnen und schaute was ich so machen würde.

Alle merkten, dass es für mich immer schwerer wurde.
Außer meiner Schwäche litt ich aber nicht.
Die Nierenunterfunktion merkte ich kaum, nur der ständige Durst wurde ganz schön zur Plage.
An diesem Wochenende ließ Herrchen, nachdem er mich hinausgetragen hatte aus seinen Armen herunter auf den Boden und sagte:"Nun mein kleiner Freund mache noch einmal einen kleinen Rundgang."
Obwohl er wusste, dass Katzen, wenn sie merken das es zu Ende geht, sich meistens verkriechen und sich der Natur überlassen, ließ er mich gehen.
Ich ging ganz langsam noch einmal den Hof entlang, an den Garagen vorbei bis zu den Kaninchenställen, wo ich oft auf der Lauer lag aber nie ein Kaninchen erwischen konnte und ging dann auch so langsam wieder zurück.
Meinen Kopf konnte ich kaum noch nach oben halten und Herrchen nahm mich, als ich schon fast am Gartentor war, wieder auf den Arm und brachte mich hinein.
Er legte mich auf meine Decke die auf der Couch immer für mich bereit lag und sagte zu Frauchen "Komm wir müssen jetzt fahren".
Herrchen trug mich in meinem Katzenkorb in sein Auto und nachdem Frauchen auch im Auto saß, nahm die mich im Katzenkorb auf ihren Schoß.
Ich wusste wo es hin ging.
Herrchen fuhr langsam und rücksichtsvoll in Richtung Dr. Schlömer.
Frauchen hatte mich im Korb ja auf ihrem Schoß und

trotzdem war ich auf der ganzen Strecke nicht zu beruhigen.

Ich miaute immer wieder und wollte sagen, dass ich mit meinem Leid zu recht komme, dass ich noch nicht aus Barmherzigkeit aus diesem Leben scheiden wollte und sehr gut Schmerzen aushalten würde.

Doch leider konnte mich keiner von den beiden verstehen und somit fuhren wir einfach weiter.

Dr. Schlömer nahm mich nachdem er mich aus dem Katzenkorb geholt hatte auf seinen Arm und legte mich behutsam auf den großen Arbeitstisch.

Ich blieb liegen, denn auf meinen vier Beinen stehen konnte ich inzwischen nicht mehr, ich hatte einfach keine Kraft.

Er streichelte mich und sagte: "Ein kleiner stolzer Kater, aber er kann nicht mehr."

Zu uns sagte er: "Die Erlösung von seinem Leid ist schmerzlich aber es ist der letzte Weg, der Weg in die ewige Heimat".

Frauchen und Herrchen nahmen mich noch einmal auf den Arm, drückten sich mit ihren Wangen an meine Barthaare, liebkosten mich noch einmal und nachdem ich wieder auf dem Tisch lag, gab mir Dr. Schlömer eine Spritze zum Einschlafen.

Ich hörte noch wie er sagte: "Der kleine Bursche wird nichts spüren, er wird ganz entspannt in den Katzenhimmel gehen".

Das war also meine letzte Wahrnehmung bevor ich dann endgültig diese schöne Welt verließ.

Danke noch einmal für alles, ich war gerne euer Flori.

Herrchen hatte mir noch einen Abschiedsbrief geschrieben, den er mir unter meine schlaffen Hinterläufe legte und mit Tränen in den Augen sagte:
"Tschüss mein kleiner Stromer, wir werden uns ja bald
wiedersehen."
Und dann wurde es ruhig und still, für immer still.

Flori

Der letzte Weg meines kleinen Freundes Flori!

Bist du einst gebrechlich und schwach
und quälende Pein hält dich nur wach,
was ich für dich tun muss - tu ich allein,
der letzte Kampf wird verloren sein.

Dass ich sehr traurig bin, verstehst du wohl,
meine Hand vor Kummer nicht zögern soll.
An diesem Tag - mehr als jemals geschehen,
muss meine Freundschaft das Schwerste bestehen.

Wir lebten in Jahren voller Glück,
Furcht vor dem Muss? Es gibt kein Zurück,
ich möchte doch nicht dass du leidest dabei,
drum geb ich, wenn die Zeit kommt, dich endgültig
frei.

Begleite dich dahin, wo du hingehen musst,
nur - bitte, ich bleibe bei dir bis zum Schluss
und halte dich fest und red dir gut zu,
bis deine Augen kommen zur Ruh.

Mit der Zeit - ich bin sicher - werde ich es wissen,
es war deine Freundschaft, die du mir erwiesen.
Vertrauter Laut, ein letztes Mal,
die Erlösung befreit dich von Schmerzen und Qual.

Nun stehe ich hier und muss ohne dich sein,
es sind für mich weiterhin Qualen und Pein.
Denn das Leben mit dir, das war einfach schön,
drum fällst mir auch schwer, jetzt von dir zu gehn.

Doch Flori, mein Flori es wird kommen der Tag,
wo ich voller Freude und Glückseligkeit sag,
nun sind wir zusammen, nun trennt uns nichts mehr,
das irdische Leben, das gaben wir her.

R.L.

Flori

Nachsatz

Flori starb am Freitag den 06. September 2013 nach
dem er fast neun Jahre bei uns gelebt hat.
Er war ein kleiner ungewöhnlicher Kater mit viel Mut,
Tatendrang und Lebensfreude.
Wir werden ihn nie vergessen.

R.L.